KB119486

말라간다 날아간다 흩어진다

말라간다
날아
날간다

흩어
진다

시인수첩 시인선 014

최영철 시집

문학수첩

조용할 날 없는 세상을 불러들여 조용히 그것들을 궁굴리며 놀았다. 그 바람에 가리고 아끼고 받들어야 할 말들을 낭비했다. 말들이 소진되어 말문이 막힐 즈음 어디선가 슬그머니 시가 찾아오곤 했다. 새털같이 많은 날들의 귀한 벗이 되어 준 시에게 감사한다. 슬프고 어두웠던 장막을 걷고 언제 한번 고래고래 덩실덩실 춤 한번 춰 줘야지.

2018년 봄
최영철

| 차 례 |

2부

3부

4부

1부

동감

 조그만 종이박스 하나를 놓고 껄렁하게 앉은 사내를
보았다 그 무성의가 마음에 들어 얼른 지폐 한 장을 그
의 아가리 속으로 내동댕이쳤다 무척 화가 난 듯 새로
생긴 폐기물 처리가 걱정이라는 듯 굴러들어 온 돈을 그
가 미심쩍게 내려다보았다

 코 푼 휴지처럼 버려진 지폐를 사이에 두고
 오래전의 약속인 듯
 그와 나는
 서로를 보며 씩 웃었다

저녁이다

전투태세를 마친 파리가 비행 연습을 하고 있는 저녁
이다

오늘을 허송한 내 팔뚝이 굽이치는 활주로가 되어 준
저녁이다

그 뒤를 따라온 모기 돌격대의 성대모사가 자지러지는
저녁이다

아침부터 시작된 바퀴벌레의 암벽 타기 시범이 계속되
고 있는 저녁이다

헤아릴 수 없는 총구가 오직 한 곳만을 겨냥하고 있는
저녁이다

각자의 일에 너무 바빠 훈수 둘 여유조차 없어진 저녁
이다

분쟁의 소지를 만들어 보려고 달려온 구름들

일제히 공중낙하를 시작하고 있는 저녁이다

아름다운 세상

　모기란 녀석들 말이야, 글쎄 그 작은 몸으로, 날개를 1초에 600번이나 파닥인대, 구급차 소리를 내려고 그랬을 거야, 수혈이 급해, 세상에, 그 작은 놈들이 말이야, 종일 빈둥거린 나는, 그놈들이 젖이나 좀 빨고 가라고, 가만가만 잠든 척을 하지 않았겠어, 글쎄 그랬더니, 체면도 안 차리고, 내 몸 곳곳이 그놈들의 젖꼭지가 되고 말았다니까, 내 심장이 그놈들의 비상 급유 장치가 되고 말았다니까

　파리채 가지러 가며, 눈앞에 보이는 파리채 두고, 파리채가 어디 있어, 어디 있어, 안 보이는데, 두리번, 어슬렁, 더듬더듬, 그래도 녀석들은 죽기 살기로 자꾸 내게로, 내게로만 달려들었어, 무슨 철천지원수를 만난 듯, 이대로는 그냥 보낼 수 없는 전전생의 간곡한 밀담이라도 있는 듯, 나를 간질이며 핥으며, 있는 대로 팔 벌려 나를 부둥켜안으며, 파리채가 어디 있어, 어디 있어, 안 보이는데, 두리번, 어슬렁.

말라간다 날아간다 흩어진다

고속도로 갓길에 내려진 똥 저 혼자 말라간다
마를 동안 아무도 찾아오지 않아 눈물 글썽 날아간다
쇠똥구리 삽살개 똥파리
십 리 밖 냄새 맡고 찾아오던 때 있었지
구린 게 많은 너 코 움켜쥐고 내빼던 때 있었지
외롭게 죽어간다 똥
한번 떨어져 죽었으면 되었지 또 죽는다 똥
요즘 똥에 파리가 붙지 않는다지
파리조차 거들떠보지 않는다지
저 혼자, 고귀하게, 말라비틀어지다가
더 버틸 힘 없어 바람에 흩어진다 똥
파리 나라 식품검역에서 불합격 처분을 받았다는 풍문
자식새끼 맡길 곳 없어진 파리들
똥 같지 않은 똥 피해 멀리 원정출산 간다는 풍문
외로운 똥 허허벌판 한가운데서 말라간다

다음 열차를 기다리며

전부라고 생각했던 게 아무것도 아니고 아무것도 아닌
게 전부였다 바라보던 하늘이 지루해 그만 덮어 버렸다
결국 이번에도 똑같은 문제에서 오답을 적고 허방을 짚
었다 굵은 표시를 해 놓았던 곳을 금방 또 하나 지웠다
반칙이지만 조금 일찍 정거장으로 나가 다음 열차를 기
다리기로 했다 열차는 너무 오래 오지 않아 모두 철로를
베개 삼아 휘파람을 불고 있었다 다음 열차가 오려면 어
떻게든 벌벌 떨며 녹초가 되어야 한다는 안내방송이 이
어졌다 다행스럽게도 깜깜한 미로 너머 마른하늘에서 날
벼락이 연거푸 쏟아졌다 열차는 오더라도 일곱 여덟 아
홉 번까지는 기적만 울리고 가 버려야 한다고 누가 말했
다 까짓것 꼭 온다고 다짐에 다짐을 해 놓고 도무지 아
무 소식이 없어야 한다는 새로운 주장이 제기된 것이 이
즈음이었다 기적이 울린 후 9억 년쯤 지나야 열차 도착
시간을 알 수 있을 것이란 안내방송이 사람들의 아랫도
리를 휘감으며 조용히 지나갔다

최후의 만찬

그는 어느 때보다 일찍 깼다. 그보다 훨씬 먼저 깨어 있었지만 기분이 날아갈 듯 상쾌하였으므로 잠자코 묵묵히, 서두를 필요가 없었다. 아, 이런 꿈같은 시절이 오다니, 그는 중얼거렸지만

다행히 아무 귀에도 들리지 않았다. 소문나면 이 길도 북새통이 될 게 뻔하니까. 입을 굳게 다물고, 때마침 문자로 도착한 그의 부음을 읽었다. 드디어 가 버렸군, 그는 그의 허벅지를 꼬집었다. 한 번, 두 번, 세 번,

아프지 않았다. 결국, 붙잡을 수 없는 저편 허공을 사뿐사뿐 걸어가는 방자한 뒷모습이 보였다. 어이 같이 가, 난 어떡하라고, 허우적거렸지만 그의 몸은 이미 포박되고 있는 중이었다. 더 숨긴 건 없는지

샅샅이 수색당하는 중이었다. 저기 가는 저놈이 시킨 일이야, 난 아무것도 아는 게 없어, 소리쳤으나 아무 소리도 나지 않았다. 필시 그는, 그의 앞으로 청구된 막중

한 죗값을 사천사백 개월

할부로 그어 놓고 도망갔다. 나쁜 자식, 그러니 저리
늠름한 게지, 그렇지 않다면 내 몸이 이렇게 빨리 얼음
장처럼 차가워질 리 없다. 하지만 저 녀석을 떼내 버린
건 백번 잘한 일이야, 그 말을 엿들었는지

단단했던 어깨가 허물어지며 징검다리가 되었다. 금방
도착한 요리 조무사들이 작업하기 좋게 사지가 물컹해졌
다. 양념을 바른 채 오븐에 들어갈 차례를 기다리며 그
는 조용히 묵상했다. 평생

온갖 걸 처바르고 줄을 섰던 고행이 이제 비로소 빛을
보게 되다니, 감개가 무량했다. 식권을 움켜쥔 사람들
사이에서 마침내 선두에 이른 여자가 뒤를 돌아보다 말
고 꼴깍 침을 삼켰다.

교도소 특강

그는 아직 교도소에 있다 오랜 시간이 지났다 출소가
임박할 즈음 언제나 그는 죽었고 감형의 기회가 있었으
나 탈옥 미수가 먼저였다 남은 형기를 다 채우지 못하였
으므로 그는 즉석에서 또 태어났다 제정신으로 태어날
면목이 없었으므로 며칠 동안 껄렁하게 나쁜 상상을 했
다 덕분에 그의 출생은 사전체포영장이 발부되어 있었
고 그 역시 제대로 집행되지 않았다 그는 가중처벌을 꿈
꾸며 당직의사가 졸고 있는 분만실을 걷어찼고 모든 산
부들이 자아낸 탯줄을 엮어 목에 감았다 그 공적이 인정
되어 그의 형량은 무난하게 연장되었다 그는 매일 증거
를 인멸하며 알리바이를 만드느라 바빴다 그의 죄를 뒷
받침할 공범이 없어도 그의 형기는 몇 번의 생이 반복되
는 동안 기하급수로 불어났다 덕분에 감옥답지 않은 감
옥에서 감옥보다 더 지독한 감옥으로 이송되었다 재심을
요청하였으나 그의 전과 기록은 이미 막대한 프리미엄이
붙어 암거래 중이었다 모두 한 치 앞을 가늠할 수 없는
어둠 속을 헤맬 때 그는 좀 더 장래가 보장된 감옥으로
가는 길을 정확히 알고 있었다 지원서를 넣는 데 평생이

걸렸고 최종 면접을 앞두고 철통같던 감옥들이 느닷없이 허물어졌다 아주 잠깐 주위를 배회하는 이가 몇 있었으나 지난 생에 체포되어 이승에 내던져진 무기수들의 산책 코스였다 모두가 주범이고 모두가 공범이었으므로 재판은 한 번도 열리지 않았다 문은 처음부터 열려 있었지만 아무도 문밖으로 나오지 않았다 건너편 광장 빼곡히 첨단 속박시설을 갖춘 새로운 무인 교도소가 들어서고 있었고 서로 갇히겠다고 줄선 사람들이 여러 곳에 줄을 댄 후 자격심사를 통과할 꿈에 부풀어 있었다 어제, 그제, 글피에 떴던 태양이 배가 빵빵해져 음산한 눈빛으로 안을 들여다보고 있었다

봄눈

아무래도 너희는 이 별 저 별 맞붙어 싸우다 박살난
겨울의 잔해들인 것이어서 신음들인 것이어서
이처럼 빨리 나의 가슴에 와 꼬꾸라지고 만 것이었다
무슨 말인가 얼룩져 보이지 않는 하늘의 유서

늦가을 늦게 오는 너를 첫눈이라 하지 말고
새봄에 처음 오는 너를 첫눈이라 하자
들뜬 어깨춤 열아홉 격정을 첫사랑이라 하지 말고
애욕을 모두 떨군 예순아홉 일흔아홉 순정을
첫사랑이라 하자 그대 꼼짝달싹 못하게 붙들던
그 모진 결박을 참사랑이라 하지 말고
그대 온다고 자취 없이 녹아 없어진
이 짧은 봄편지를 참사랑이라 하자
해가 그린 나무 그림자 하현달 비질이 쓱쓱 지우듯
내 아릿한 가슴 베어 먹고 달아난
이 성긴 눈발을 참사랑이라 하자

오래 시렸던 가녀린 손들이 아랫목에 손을 집어넣고

있네

  그날의 다짐만은 절대 녹지 말자며 찬 입술을 겹겹이
포개고 있네

언젠가 가능한 일

죽지 않으면 여기를 걸어 나갈 수 없네
죽지 않으면 저 별로 단숨에 넘어갈 수 없네
시시한 별은 아니 되어도 그만이지만
죽어 버린 나를 마침내 고개 떨군 나를
알고 보니 아무것도 아닌 나를
물끄러미 바라볼 수가 없네
그럼 안 되지, 빙그레, 쯧쯧
내가 나에게 혀를 차 볼 수도 없네
저 산 하늘 너머로
내가 나를 힘껏 차올려
먼 다음 생으로 패스할 수도 없네

종말 룰랄라

가렵지도 부끄럽지도 술 생각 나지도 않을 거야
어디론가 떠나고 싶지도 춥지도 주저앉아 엉엉 울고 싶
지도
돌아서서 먼 산 바라보고 싶지도
안녕 안녕 내일 한 번만 꼭 만나 주머니에 손 넣고
터벅 또 터벅 가로등 꺼진 데까지 걷고 싶지도 않을 거
야
아직 짓밟을 게 많아 내일 생각해 보고 말할게
놀라지는 마 내가 없더라도 내가 보고프진 않을 거야
밥 잘 챙겨먹고 숟갈 놓을 때까지는 울지 마
내 손이 갑자기 차가워져 널 안아 줄 수가 없어
네 뺨을 때려 줄 수도 없어
비어져 나온 내 발가락 보이거든 뽀뽀해 줄래
이젠 눈도 까딱할 수 없는 망나니가 되어 버렸네
이렇게 될 줄 너도 몰랐지
하지만 마음은 자꾸 신나게 요동치는 거 있지
솔직히 말하면 그런 광란도 아무 심술도 안 일어날지
몰라

그래도 용서해 줄래?

피처럼 쏟아져 난 거기 파묻혀 노래할 거야

다른 별로 이민 갈 채비를 마친 뒤여서

모처럼 놀러 온 너와 칼부림 못해 어떡하니

그래도 제발 울지는 마 그거만큼 웃기는 게 없잖아

그럼 우리 본격적으로 꼭 헤어지자

안녕 안녕 우리 다시는 미래의 전설처럼 다시 만나지

말자

그리워할 게 없으니 우린 영원토록 바빠 죽을 거야

거 봐 넌 좋아서 벌써부터 방그레 통곡하고 있잖니

제발 심각하게 시시해진 내일을 팽개치고 가 줘

그거 받는 족족 모레 도착한 내게 비행기 태워 보내

줄래

그렇게만 해 준다면 넌 조금도 즐겁지 않을 거야

그래도 말이야 여기서 끝난다는 게 얼마나 큰 기쁨이니

글쎄, 어때, 어제부터 내일까지 죽고만 싶은 네 생각은

아직 아무에게도 말해선 안 돼

말해 줄 사람을 찾다가 3천9백 년이 후딱 지나가 버렸

잖아
  하지만 얼마나 스릴 만점이니
  어차피 뻔한 사실은 아니었거든
  하하허허후후흐흐히히해해호호하

하느님 하느님

정중하게 결투를 신청하러 온 하느님의 문을 열어 드
리지 않은 저는 후레자식입니다 허스키하게 욕을 퍼부었
지만 핸섬하게 그대는 믿음 한 조각 떼어 주고 가셨습니
다 퍼즐이 도무지 맞지 않는 오리무중 믿음을 늦게까지
궁굴리며 놀다가 노크 없이 몰래 들어온 불신의 아랫도
리를 쓰다듬고 말았습니다

구토가 났지만 음식물수거차량이 오는 바람에 흔적
없이 다 핥아먹을 수 있었습니다 벽을 파먹은 플러그들
을 용서하고 두 번째 전도를 오셨지만 아무리 몸을 비벼
도 저는 영하 십팔 그대는 영상 십팔이었습니다

저는 무척 오랜만에 몸이 가벼워져 오신 하느님의 문
을 열어 주지 않은 대역 죄인으로 날마다 참수대를 향해
걸어가는 중입니다 무릎 꿇고 아버지 소리를 천만 번만
부르짖으면 되는 것을 저는 차마 그리하지 못하고 엎드
려 울기만 하였습니다

저는 가냘프게 실눈 떠 하느님의 처분을 살핍니다 궁
휼하신 하느님의 자비를 저울질합니다 일찌감치 막장까
지 가 버린 저를 하느님이 버리기 전에 땅의 것들이 먼저

버렸습니다 하느님이 온전히 멀어지기도 전에 저는 얼른
일어나 관 뚜껑을 닫고야 말았습니다

우산의 탄생

비 올 때 슬그머니 탈출하려고 낙하산을 만들었으나
더 이상 낙하할 곳이 없는 바람에
우산이 되고 말았다지
비 오나 눈 오나 햇살 퍼붓는 날에도
그걸 접지 못하는 건
그래도 언젠간 날 수 있다는 믿음 때문이라지
언젠간 다시 떠오를 희망 때문이라지
활짝 펼친 저 행렬을 봐라
비 오나 바람 부나 햇살 따가우나 저리 당당한 건
간혹 그게 남사스러울 때 얼굴 숨기기 좋아서라지
그걸 받치고 있으면 얼굴 환해져
금방 낙하산 타고 내려온 천상 손님으로 보여서라지
해 쨍쨍한 날에도 그걸 접지 못하는 건
밤새도록 다짐한 굳센 언약 보일까
걱정되어서라지
낙하산 태워 보낸 그 사람 볼 낯이 없어서라지
바람 심한 날 그래도 간혹 그 사람 그걸 까뒤집고
알밤을 먹이고 도망가기도 한다고 했지

그래도 그걸 접지 못하는 건
언젠간 날 수 있을 거라는
희망 때문이라지
그 많던 희망 다 들통나고
이제 딱 하나 남은 그 희망 때문이라지

끝없는 전진

오지 말았어야 할 막차를 타고
가지 말았어야 할 첫길을 출발했다
날은 저물고 천둥번개 쳤지만
나를 반기는 추임새로 들렸다
땅이 끝나는 지점까지 와서야
웃돈을 주고 승차권을 움켜쥐었다
제발 차가 당도하지 않기를 빌었으나
부서진 가래를 토하며
어젯밤 출하된 행운이 정시에 왔다
오늘은 비극답게
너와 나의 행선지가 같았다
바퀴에 묻은 검은 핏자국을 보며
우리는 서로 반갑게 눈 감았다
남은 꿈은 갈 데까지 가 보는 것이라며
천 리 밖 불길한 환호성으로 달려온 마라토너들
결승점 앞에서 겹겹이 엎어졌다
처음 약속대로 바통을 다 씹어 먹어
모두 빈손이었다 오는 동안 부서져 버린

바다를 쓰레기통에 처넣고
부상으로 받은 날개를 갈가리 찢어 날렸다
시간은 생각보다 오래 걸리지 않았다
종착역을 벌써 지나쳤지만 사람들은
꾸벅꾸벅 졸고 있었다 오늘 게임 역시
모두가 패자였으나 모두가 승자로 봉인된
검은 유골함을 끌어안고 있었다
처음부터 알고 있었지만
사람들은 여전히 가지 말았어야 할 첫차를 타고
오지 말았어야 할 고지에 도착했다

이것

이건 그날 배와 함께 바다에 수장될 뻔한 것이었다 그보다 먼저 무수한 피와 땀에 절어 너덜너덜 펄럭이던 것이었다 침 뱉어 애지중지 가슴에 숨기던 것이었다 제 구명조끼 벗어 친구에게 입혀 주고 있던 아이들을 인정사정없이 걷어차 버린 것이었다 누구보다 먼저 젖은 몸을 말리기 위해 누구보다 먼저 뭍에 오른 것이었다 아무도 몰래 어두운 주머니 속에서 만지작거려진 것이었다 돌고 돌아 몇 개의 뭉칫돈으로 다시 만나진 것이었다 그중 한 장 이제 막 자선냄비에 떨어져 휘둥그레 주위를 살피고 있는 것이었다 네 몸에서 아이들의 절규가 들린다고 그 옆의 것들이 일제히 비명을 내지르고 있는 것이었다 일제히 손사래를 치는 것들을 마구 짓밟고 있는 것이었다 이것이 젖으면 아이들이 떼죽음 당하는 일이 또 일어날지 모르니 방수 처리된 이것을 만들어야 한다는 주장이 제기되고 있는 것이었다

?

지나온 길이 궁금해
딱 한 번 뒤를 돌아본 순간
번개같이 떠오른 후회가 달려 나와
처음이자 마지막으로 찍어 놓은 발자국

급한 대로 수습한 휘어진 등뼈 하나

화장의 기술

여기 오면 왜 금방 배가 고플까
화장을 고치고 싶어질까
금방 잿더미가 될 줄 알면서
싸늘하게 말라 버린 얼굴에
누가 자꾸 분을 발라 주고 있었어
다른 일이라면 모를까
이번 화장은 정말 사양하기가 쉽지 않았어
너도 이해하지?
웃어도 시원찮을 판에 웬 눈물, 웬 통곡,
그만 일어날까
우물쭈물하는 사이 내 팔다리 몸통이
양념 바를 틈도 없이
완전히 익어 버렸어
화장 고칠 시간을 주지 않아 너의 얼굴도
화장으로 범벅이 되었어
이번 건 완전 실패야 그래도
혹시 모르니 다른 오븐에 넣어
한 번 더 돌려 보는 게 어때?

조리사가 귀띔해 주고 갔지만
어쩌면 감쪽같이
바람 타기 좋게 으스러졌어
눈 깜빡할 사이 새것처럼
그걸 문제 삼을까 봐
그 일에 동조한 몇 사람
수수방관한 여러 사람
산더미 같은 증빙서류 찢고 불태워 날렸어
그러고도 불안한지 미궁을 찾아
앞다투어 도주하는 중이야
하하, 모든 물적 증거는 태어날 때 이미
소멸되었다는 것도 모르고

2부

파도의 파도

그대에게 가려고 태산같이 무거운 말들을 궁굴립니다
무너뜨리고 깨부수고 갈라서고 뿌리치며
이 말 한 마디, 이 한 점의 가늘고 벅찬 함성
더 이상 쪼갤 수 없는 데까지 부스러뜨린 나의 심장입
니다
더 이상 박살낼 수 없는 곳까지 흩어진 너의 망상입니
다
더 이상 틀어막을 수 없어 흘러넘친 그의 신음입니다
그대를 밀어내고 그대를 넘어가고 있는 나를
부디 용서하지 마세요, 잠시도 쉴 수 없는 펌프질
한번도 소리치지 못한 몸서리가 된
저리 뿔뿔이 산산조각 난 불편부당한 재채기를
한 점 파편이 되어 너의 심장에 박히고야 말
이 결연한 각혈을, 끝나지 않을 동어반복을
한순간도 멈출 수 없는 이 지루한 재채기를

그리고…

파랑인 줄 알았는데 노랑이었어… 하양이어도 좋겠다고 생각했으나 벌써부터 빨강이었어? 등에 묻힌 피를 흔들어 보니 그때 잘못 엎질러진 주황이었어… 수만 번도 넘게 갔던 길을 끝없이 배회하다 어느새 충천연색 피멍이 된 걸 몰랐어… 호된 회초리질 몇 번에 굽이굽이 먼 길을 돌아온 피는 수줍은 분홍 신음을 토했어… 보란 듯이 손을 흔들며 초록이 지나가고… 노랑이 한 번 더 알듯 모를 듯 미소를 지으며 엎어졌어… 모든 길이 새벽같이 희끄무레 차가워졌어… 덧칠하고 항칠한 회색 길로 빨강이 재빨리 숨었어… 이상하지 않니… 금방 뭐가 지나간 것 같은데… 노랑이 손들어 먼 곳을 응시했지만 때맞춰 하늘이 검정 휘장을 펼쳤어… 낯설어… 안 보여… 거짓말일 뿐이야… 하양이 가장 먼저 기권했어… 다시 시작해 볼래… 온갖 색에 만취한 검정이 아직 온기가 남은 초록을 질겅질겅 씹으며 출발선상에 나타났어… 저 멀리… 깜박이는 파랑이 지나가고… 나는 재빨리 검정 뒤에 숨었어…

봄의 복종

목줄 풀려 자유가 된 제 목을 다시 묶으려고 끙끙대는
내 손목 핥는 봄이란 녀석, 봄이라는 복종
오라를 움켜쥔 적의 비수를 핥을 수 있는 건
이제 너밖에 없을걸, 봄은 그런 놈, 그러니 봄
목줄 묶은 이참에 봄 장수 지나가면 줘 버릴까
천지사방 엄동을 헤매다 빈털터리로 돌아온 봄이란 놈
널 맞이하기까지가 고역이었으니 내 안에 묶인
널 풀어놓는 게 정말 정말 고역이었으니
팔자에 없는 이 고생 봄 장수에게나 줘 버릴까
어금니로 깨물어 덥썩 씹어 본 봄
닐리리 닐리리 봄 야경꾼에게나 줘 버릴까
그러니 이제 그만 가 봐
그렇게 밑 간지러운 눈으로 그렇게 야들야들
오래 얼어붙어 있는 날 그만 쓰다듬고
봄에 빠져 뭉실해진 내 복종의 엉덩이 그만 어루만지고
아아, 아무 소리 말고 나 잠깐 돌아서서 먼 산 바라는
사이
네 놈하고는 추호도 아무 일 없었다고 시치미 떼는 지금

아무 씨앗도 만들지 않았다고 중얼거려 보는 지금
강 건너 민둥산 후다다닥 소리 내며 지나갈 때
그만 그 바람결에 묻어 가 다오 때맞춰 당도한
그 장단에 묻어 아주 멀리 얼쑤, 한숨 한번 내쉬게
찔끔 배어난 눈물 한번 훔치게 무심한
하품 한번 늘어지게 이제 그만 가 다오 설마 설마
못 버릴 비통이야 한숨이야 눈물이야 저 건너
기차 지나갈 때 후다다닥 옛님도 떠났는데
너 하나 못 보낼까 버려진 그때를 버려지기 시작한 그때를
지나가고 있는 기차 소리에 묻어 마른침 꼴깍
너 끙끙대고 있을 때 달려드는 기차에 달려들어
달려들어 어서 먼 길 가고 싶다고 생각할 때
철로변에 우두커니 누워 나도 그만 그런 생각 하고
이역만리 철로변에 누워 너도 콧노래 흥얼대고 있을 때
후다다닥 기차는 각본상 저렇게 황급히 지나가게 되었고
나 역시 각본상 멀찍이 다른 델 쳐다봐야 하는 어처구니
원래는 철천지원, 긴긴 낮밤 막역한 이별 나눌 일 없으니
제발 끌려가지 않으려 버티고 버티고 버티다 모가지 꺾일

지라도

  난 몰라, 그런데 왜 자꾸 핥는 거니? 왜 이 부드러운
저항에

  내 손목의 힘이 자꾸 스륵스륵 빠져나가는 거니

  혀를 타고 흘러내린 너의 눈물로 손등까지 흥건해진
이 봄이

  이렇게 다 허비되면 큰일인데 큰일인데 정말 아주 큰일
인데 말이야

바다에 밤이 오고

박살난 아우성들이 흩어졌다가
먼먼 대처를 떠돌아다니다가
급한 전갈에 돌아오고 있는 중이었다
이렇게 떼거리로 서로를 움켜쥐고
저렇게 떼거리로 서로를 밀어내고
이렇게 떼거리로 서로를 짓뭉개며
잠시 입을 다물었다가 잠시 눈을 감았다가
그사이 너의 반쪽 어깨가 허물어졌다
그사이 처음 마주친 너의 뺨을 때렸다
아픈 소리를 내려다가
철썩 철썩 얼른 눈을 감았다가
다 용서한다고 모여 웅성웅성 팔 벌린
모래의 품을 파고들었다
급한 전갈은 괜한 투정이었다
헛소문이었다 기막힌 유언비어라고
깔깔대는 모래가 말하고 있었다
난도질해 넘어온 쉴 새 없는 살코기가
알맞게 구워져 자꾸만 배달되고 있었다

천지사방에서 몰려든 정장 차림의 걸신들
그걸 물어뜯느라
하얀 달의 이빨이 다 바스라졌다

슬픔에게

널 보고 있으면 눈앞이 아득해져
다신 널 아는 체 않으려 해
널 생각하고 있으면 다른 모든 생각
집을 나가려고 해
널 까맣게 잊으려 해
벼랑에 떠밀어 버리려 해
널 묶어 놓고 오면 옆구리가 서늘할까 봐
널 안주머니에 넣어 다닐 작정이야
줄창 싫증나 휴지통에 버릴까 봐
나 몰래 단속반이 다녀갈까 봐
널 뒷주머니에 숨기기로 했어
널 만나기 전부터 내 뒷덜미는
과다출혈이었어 이상저온이었어
그것들이 실어 나른 안개로
벌써 이렇게 요염한 방바닥이 되어 버렸어
너로 하여 벌써 가슴까지 꽉 찼어
조금 있다 너에게 익사하러 갈지도 몰라
내가 너에게 숨넘어가지 않도록

문 잘 잠그고
다른 데 절대 말하면 안 돼
나 어때?
예뻐?

아침인 줄 아는 아침

너는 벌써부터 기울고 있다
쓰러지려는 쪽 동강나려는 쪽
가라앉으려는 쪽 허기진 쪽
그 쪽을 탈출해 그 반대쪽
황급히 도피한 쪽
갑자기 느닷없이 균형을 잃곤 하는 아픈 쪽
스산한 쪽 벼랑이 끝나고 또 시작되는 쪽
절단 나고 하나도 남지 않은 쪽
일찌감치 혼자 남아 미라가 된 바닥
오두막 깊이 내려앉은 쪽
어긋난 쪽 구멍 나 벌써부터
바닷물이 턱밑까지 밀고 들어온 쪽
한 생을 걸었으나 너는 아직 다 기울지 못하고 있다
너는 더 기울어야 한다 허물어져야 한다
기울다 기울다 그 반대쪽
그 맨 나중에 쓰러져야 한다 가라앉아야 한다
그 나쁜 쪽 불끈 솟는 돌부리에 걸려
그 쪽을 향해서는 끝내 한 걸음도 못 가고

땅을 치며 엎어져 원통하게 밤을 지샐
그쪽마저 쓰러져 아침이 영영 달아나 버린 쪽
말라비틀어진 아침을 아침인 줄 얼싸안고
잠들어 있는 쪽 눈만 말똥말똥
누가 흔들어 깨운다고 아침인 줄 알고
마지막 찬스의 아침인 줄 알고
또 슬며시 눈 뜨고 바라보는 저쪽

종이의 독백

난 말이야, 너무 빨리 타 버려 걱정이야, 너무 쉽게 구겨져 큰일이야, 무슨 생각이든 불러 주는 대로 받아 적어 큰일이야, 불러 주지 않아도, 아가리를 놀려 버려, 마구마구 속사포같이 볼펜의 침 튀기는 연설, 남김없이 받아먹고, 그걸 금방 곧이곧대로 뱉어 버려 걱정이야, 금방 잊고 바람에게 주어 버려 큰일이야, 좀 더 멀리 흩어지라고 울화통을 건드려, 갈가리 찢기고 있어 걱정이야, 난 아직 한 번도 물어본 적 없는데 틈만 나면 넌 얼마 만에 없어져 드릴까요, 구겨져 드릴까요, 연기는? 재는? 그러니까 남은 주둥이는? 바스락거리기나 하니, 쫑알거리기나 하니, 나빠, 나빠, 난 말이야, 그 냄새 그 소리가 좋아, 여러 번 밑씻개로 썼어, 하지만 한번도 훔치지는 않았을 거야, 이를테면 그게 클라이맥스라고 해도 말이야, 막바지에 그렇게 물불을 가려서야 되겠어? 처음부터 넌 온통 알거지였어, 난 말이야, 허옇게 드러난 너의 치부를 가려 주려고, 거기에 집중적으로 자물쇠를 채우고 있었던 거야, 어디 그뿐이었겠어, 너무 쉽게 찢기고 너무 빨리 날리는 게 난 좋아, 그날 그렇게 과삭 파삭 찢기지 않

앉으면, 언제 그런 예리예리 칼날이 되었겠어, 들쑥날쑥
누구도 짐작 못할 원한이 되었겠어, 절정은 무조건 구겨
지고 보는 거야. 주무르는 대로 엉망진창 복수가 시작되
는 거야, 다 날 버리고 아무것도 없는 빈털털이가 되어서
야, 그래야 슬그머니 허리를 펴더라고, 이것 봐, 내가 사
색에 열중하는 사이, 누가 또 온갖 군더더기로 내 얼굴
에 겹겹이, 두서없는 자물쇠를 채우고 갔어, 꼴불견이지
뭐야!

어느새, 눈물

눈물 한 방울 없이 나는 그 이야기를 다 들었다 철철 넘쳐흐르던 눈물이 마르다니, 나는 이제 사람도 아니다

눈물이 한숨이 어느새 다 빠져나간 담담한 응시, 나는 이제 빈껍데기만 남았다 나는 언제라도 마른 장작처럼 물불 안 가리고 호탕하게, 솟구쳐, 휘날려, 없어질 수 있다

눈물은 세상의 가운데로 노 저어 가는 더운 강, 나를 그만 미끄러지게 하고 두 손 두 발 들고 여죄를 자백하게 하는 채찍질, 떨리는 오욕칠정 다 빠져 달아난 오후, 너의 고통을 나의 평화를 안타깝지만 어쩔 수 없다고 포기하는 이 서툰 달관,

용서해서는 안 된다 끊어진 눈물을 향해 물 한 바가지 퍼부었다 빗방울들이 가야 할 곳을 마른 땅이 다 잡아먹은 쨍쨍한 날의 고요, 눈물 한 방울 흘리지 않고도 여러 날이 삽시간에 지나갔다 돌멩이라도 걷어차 보다가,

그걸 주워 손안에 궁굴려 보다가, 힘껏 내던지지 않아도
해가 지고 저녁이 오는 이 무서운 무사태평,

　물끄러미 손 놓고 있다. 손가락을 꼼지락거려 보다가
주먹을 쥐었다가, 이건 어쩌면 내가 관여할 일이 아닌 것
같아, 손가락을 다시 폈다 참, 어느새, 정말, 이렇게, 눈
물이, 마르고, 너도, 마르고

아버지였던 아버지

　모처럼 아버지가 오셨는데 하나도 아버지답지 않다 구천을 떠돌다 모던한 사부를 만난 게 틀림없다 다리를 껄렁하게 흔들며 아버지 같은 건 이제 그만 때려치워야겠다고 했다 아버지 같은 건 애당초 삼디업종이었다고 했다 아버지였던 반짝 경력 때문에 저승에서의 운신이 자유롭지 않다고 했다 지금이라도 정력감퇴죄와 기억상실죄를 첨가하고 음담패설죄와 경제파탄죄가 가미된 특효약을 끊는 게 필요하다고 했다 한 번 아버지는 영원한 아버지여서 수수만년 떠나지 않는 악몽이 아버지라는 스티커를 하루에도 수십만 장씩 붙여 놓고 도망간다고 했다 제멋대로 빼돌렸던 산해진미가 이렇게 늦게 이렇게 느닷없이 배달되고 있어서 그걸 밤새도록 진공포장하느라 잠시도 눈을 붙이지 못하고 있다고 했다 20세기처럼 달려들어 21세기처럼 물어뜯은 후 22세기처럼 걱정이 태산이라고 했다 아버지 아래 아버지 뒤에 아버지 너머 아버지 위에 아버지답지 않은 아버지들이 줄줄이 죽치고 앉아 구멍난 팬티를 꿰매고 있으니 모쪼록 문단속을 잘해 두라고 했다 아버지들의 단호한 집단 사의에도 불구

하고 아버지의 명예퇴직은 영원히 수리되지 않을 것이니 사표는 사표가 되더라도 사표처럼 목에 걸고 다녀야 한다고 했다 이럴 바에는 차라리 겉모양만 번드르르한 고답적 아버지로 복고해야 한다는 양심선언이 곳곳에서 번지고 있는 중이었다 그런데도 아버지의 진심은 물대포를 맞고 저만큼 나가떨어졌다가 시국을 뒤흔든 정치범으로 낙인찍혀 하루에도 수만 명씩 강제 퇴거되는 중이었다 아버지들이 찾는 원조 아버지는 조금 아까 멸종되었다는 긴급 재난방송이 며칠 동안 이어지고 있는 중이었다

고독사를 꿈꾸며

어릴 적 펜팔 난에 취미는 고독이라 주저없이 써 놓았던 적 있었네 어디 내놓고 자랑할 수는 없지만 지금도 여전히 나의 취미는 고독, 장기와 특기 역시 고독, 하도 오래 벗하며 살아서인가 나의 장래 희망 역시 고독, 고독 고독에 에워싸여 무르익으면 마침내 완성될 독거, 독거 독거의 마지막 결실 고독사, 오래 걸린 결실 헛되지 않게 가족친지 주렁주렁 애도하는 이박삼일 이별 말고, 애꿎은 문상객 비통한 척 벌세우는 사박오일 이별 말고, 오래 매달고 온 등짐부터 탈골해 날렵하게 지저귀는 새날이 되는 것. 마침내 혈혈단신 비상하는 영혼을 보는 것, 막 깨어난 벌레들이 내 몸 여기저기 파먹기 시작할 때, 내 살 열어젖힌 연초록 잎들이 나의 퇴장을 박수하는 곳, 때마침 하루 일 마친 해가 돌아가는 길에 내 혼령을 무등 태우고 가는 산마루, 떠들썩, 와자지껄 바라볼 순 없지 모름지기, 고독하게, 애타게, 오랫동안 기다린 먼 여행, 하루가 수백 년이고 지척이 구만 리였던 것, 깊고 안락한 침소에 들어 가끔 몸 눕혔으나 나의 몸은 허공에 내버려진 먹장구름 한 주먹, 시절 모르고 떠다니던 심심

한 이슬방울, 천둥, 수만 번의 낮밤, 헛것 사이로 보이곤
하던 아찔한 단꿈, 언제 돌아올지 모를 막막한 무단가
출…

하하 하느님

하늘에 계신지 안 계신지 아리송한 하느님
하하 하늘 바깥으로 놀러 가고 없다는 소문이 파다한
하느님
수수만년 하늘은 텅 비고 마른번개 치는데
묵묵부답 먼 산만 바라고 계신 하느님
하하 불러도 대답 없으신 하느님
하늘은 팽개치고 죽어라 땅만 파고 계신 하느님
천상의 금은보화를 거기 어디 숨기고 계신 하느님
사만사천 낮밤이 할퀴고 갔는데도
무주공산만 어루만지고 계신 하느님
엎드려 경배하다 엎드려 울부짖다 잠이 든 대갈통을
밟고
하하 휘파람을 불며 멀어지시는 하느님
하늘이 한눈팔고 있을 때 땅과 몰래 결탁해 버리신 하
느님
이리 흔들 저리 흔들 헐값에 하늘을 처분하고
시치미만 뚜욱 떼고 계신 하느님
어젯밤 드디어 지상에 납실 때 쓸 날개까지 뜯어 잡수

시고
　　하하 하늘땅과 완전히 인연을 끊어 버리신 하느님
　　불러도 불러도 메아리에 붙은 신음까지 뜯어 잡수시고
　　이윽고 마침내 바야흐로 빈털터리가 되신 하느님

꽃잎 혀에 바치다

너는 필시 열어젖혀야 할 그 무엇이 있어 피는 것이다
저토록 무한한 허공을 하늘과 너를 가로막는
두꺼운 장벽이라 여기는 것이다
향기로는 안 되고 요염한 춤사위로는 안 되고
무수히 찢어 바람에 날려 보낸 춘삼월 고백으로는 안 되
고
그 바람에 살랑살랑 부드러워진 너의 혀를 앞세운 것이다
허공이 사지를 활짝 열어 너의 혀를 다 받아들일 때까지
지금도 너는 핥고 있는 것이다
하늘에 이르는 단 하나의 출입구를 찾아
수천수만 장벽을 건드려 보고 있는 것이다
저쪽을 핥았다가 허사가 되자
오늘은 이쪽 하늘 막아선 내 가슴께로 다가와
길 좀 비켜 주실래요 종종종 걸어 나가
저리 무더기 무더기 피어난 것이다
영문도 모르고 봄 들녘에 섰던 나는 꿈결인 듯 살랑대는
너의 혀에 자지러지고 만 것이다
아, 정말, 어떻게나 그 기법이 매혹적이었는지

나는 그만 나도 모르게 둔중한 내 혀를 깨물고 만 것
이다

멸종을 막는 사소한 방편

숨죽이지 않기
엿보지 않기
소리 지르지 않기
겨누지 않기
살금살금 흠흠
두드리며 가기
칼을 버리고
총을 버리고
무시무시 폭약을 버리고
무거운 함성 따위
점령군의 환호 따위
헛기침 흠흠
길 안부 더듬더듬
한달음 일직선
앞지르지 않기
줄행랑 종종종
재촉하지 않기
끝끝내 끝내

막다른 길까지
뒤쫓지 않기
허겁지겁 다 더
앞지르지 않기
쏟아붓지 않기
깡그리 더 다
배부르지 않기
물러서서 잠자코
안달하지 않기
불 끄고 더듬더듬
다음 다음
다음에 줄서기

부식(腐蝕)

누가 한참 맛보다 간 자리
할 말 안 할 말 꾹꾹 눌러 담은
푸른 잎들 겨우 여기까지 당도해
가쁜 숨 몰아쉰 흔적
헝클어진 것들이 기어코 일시에
정숙해져 버린 나중 나중에
다시 오려고 침을 발라 두고 간 자리
그 바람에 아무도 입을 대지 못하고
숨가쁜 유언만 끝없이 끝없이 되풀이한
무주공산 먼 데서 온 옹알이
점점 또렷해지고 있는 그 모퉁이
동그마니 물컹해진 혓바닥

봄봄 봄노래
－삼랑진에서

가신 뒤 소식 없는 옛님은 아니 오셔도 그러께 왔다
가신 봄님은 오신다 하네 봄님에 묻어 오려나 옛님 모습
그리네

어제는 햇살 한 줌 마루에 놀다 가고 오늘은 훈풍 한
줌 겨드랑이 간질이네
온몸에 스미는 온기 창문 열어 반기네

봄이로다 입맛 돋네 엄동 박토 배곯았네
좋은 님이 끓여 주신 쑥국 내음 두레밥상
산나물 고봉밥 뚝딱 꿀맛 낮잠 들겠네

싹

봄비 내리고
씨앗 뿌렸네

어디로 가야 하나
두리번두리번

이리 와 어서 와
촉촉한 흙이 손을 내밀었네

씨앗을 안은 흙의 가슴에
다투어 솟는 젖꼭지

쫑쫑쫑 콩콩콩
아이들이 달려 나왔네

해와 달이 찍어 놓고 간 작은 점
온 세상으로 날아간 꽃향기

3부

이른 아침 구름 본다

어제는 없던 뭉게구름이다
동지섣달 초승달 막 이승을 버릴 때
저승에서 보내온 전용기 막무가내 사양하고
털레털레 걸어가는 한 노장을 위해
하늘이 밤새 깔아 놓은 징검돌이다

어제는 없던 새털구름이다
삼복불볕 뙤약볕 막 세상에 나오려고
일사천리 미끄러져 내려온
응앙응앙 뒤뚱뒤뚱 한 아가를 위해
하늘이 밤새 깔아 놓은 비단길이다

아침

밥 끓는 소리?
아니, 밥 앓는 소리
아침 행진곡?
아니, 지금 저 구덩이 속 날뛰고 있는
낟알들의 단말마
알갱이 하나하나
구슬땀 또는 진땀
진심은 식은땀?
아니, 으깨진 전리품
아니, 박살난 피
어제도 아침
벌써 저녁이더니 벌써 아침?
쏜살같이 줄행랑친 밤
십 리도 못 가 곤두박질
지금 잠복 중?
아니, 발가발가 벗기운 채
9호 광장 숨 몰아쉬기 백만 번
고작 땀은 한 드럼도 못 채웠네

지옥 같은 100년
천당만큼, 지옥보다 깊은 정적
아니 아니, 절대 포기할 수 없는 판타스틱
다시 꽝빨 날리게
히덕히덕 또는 허덕허덕?

내 몸의 방공호

의사는 뿌리까지 썩은 사진을 보여 주었다
공중에 위태롭게 뜬 어금니
하부에 숨어
녀석들이 해해 웃으며 떠받들고 있는 상부
뿌리가 허물어져 버렸으니 어쩌겠느냐고 했다
꼬리 잘라내고 우주 진입 앞둔
충치는 오랜 내 친구
틈새나 비집고 다니게 놔두는 건데
칫솔질 너무 열심히 한 탓
숨 못 쉬게 탈출구 막은 탓
누구든 숨다숨다 안 되면 땅굴을 파는 법
아래로 넓고 깊은 방공호 파 두는 법
녀석들 하부에 닦아 놓은 넓은 운동장 하나
상부에 쏘아 올린 뜬구름 한 채
여차하면 거기 들어가 숨어도 되겠다

오랜 당신

한 번 맞아 봐도 되겠습니까
비에게 묻는다
비가 놀라지 않도록
놀라 부스러지지 않도록

한 번 안아 봐도 되겠습니까
바람에게 묻는다
바람이 팔 벌려 달려오도록
길 잃어 다른 가지 흔들지 않도록

한 번 만져 봐도 되겠습니까
꽃에게 묻는다
살포시 때맞춰 몸 사릴 수 있도록
그 홍조에 다소곳 벌 나비 날아들도록

씨앗들

누군가에 먹혔으나
수천수만 번 휘둘렸으나
섞이지 않고 꺾이지 않고
고개 숙여 가라앉지 않고
진로를 제 본색을
끝끝내 바꾸지 않고
멀리 오래 흘러가며
낮고 작은 한달음
저기 다음 세상
먼 그때 보아 둔
오직 그 자리
짓밟고 뽑아도
제 달려온 경로에 대해
묵묵부답 살랑살랑
손 흔들어 주며
수백 번 죽다 깨어나도
짐작조차 할 수 없는
색색의 꽃 터트리며

아 이것이라며
하늘로부터 받은
나의 소임
오로지 이것이라며

너에게로 가는 길

　우선, 무슨 수를 써서라도, 고속도로를 벗어나야 합니다 차의 속도를, 꽉 줄이시고 한참 몸이 물들고 있는, 벚나무의 사열을 5분쯤 받으시기 바랍니다 아직, 희희낙락할 때가 아니라는 건, 설마, 아직 모르시겠죠, 들판을 버리고 산으로 접어드는 갈림길에서 좌회전해 인근 축사의 쇠똥 돼지똥 냄새를 100분간 맡으셔야 합니다 코를 틀어쥐고, 혼미해질 때까지 이 상황을 감수하지 않으면 원하는 목적지까지 갈 수 없다는 것을 유념하시고 이것이, 우리가, 나고 자랐던, 또 어느 날 매정하게 뿌리치고 나온, 고향의 곪아터진 고름이라는 것을 잊지 마시고, 가슴을 펴 그것을 심호흡으로 핥으시기 바랍니다, 그런 뒤라야 왼쪽으로 도열한 강의 박수갈채를 받을 자격이 있으며, 잘하면 속울음을 참고 있는 산의 신음을 여음으로 듣게 될지 모릅니다 아 참, 도로 중앙을 점거한 채 낮잠에 빠진 잡종개 두어 마리 만날 수도 있으니 그놈들 볼 낯이 없거든 제발 졸음과속운전 하시다가 터진 토마토처럼 저녁놀에 임종하셔도 상관없습니다

달린다 약

당의정 신은 쓰디쓴 발 달린다
박차고 넘어서고 깨부수고 파헤치며
천둥 번개 휘몰아치던 어깨 통증 옆구리 통증
넘어 또 넘어
잠시 꿰찬 이 신발 곧 닳아 없어져
쓰디쓴 발가락 비죽 튀어나온 발가벗은 맨발
노리개나 되어 아파 아파 자지러진다
만나는 길목마다 짓궂게 핥는 아픈 유혹들
꿇어앉혀 멱살 쥐고 따귀 올려붙이고
손잡고 껴안고 뒹굴어 보다 주저앉아 엉엉 통곡도 하다
눈 떠 보면 저렇게 부풀어 오른 화농
그게 마음 아파 웃통 벗어 던지고
여기 말고 더 넓은 세상 가자고 또 웃통 벗어 던지고
곤죽이 돼 나자빠진 통증 짊어지고 달린다
다 닳아 없어지려는 발가락들
두리번두리번 또 달린다

하고

　말 못하게 하고 의심하게 하고 올부짖게 하고 치떨리
게 하고 아니다아니다 고개 내젓게 하고 두려움에 부끄
러움에 거짓자백하게 하고 앞으로 나아가 맹세하게 하
고 금방 한 맹세 걷어차게 하고 두려움에 외로움에 배고
픔에 몸서리치게 하고 엿보게 하고 갈라서게 하고 삿대
질하게 하고 일러바치게 하고 옥에 갇히게 하고 깡그리깡
그리 고개 끄덕이게 하고 미행하게 하고 엿듣게 하고 뒤
죽박죽 앞뒤 모르게 하고 쏟아 놓게 하고 물 먹이게 하
고 두들겨 패게 하고 윽박지르게 하고 아무 말도 못하게
하고 못 듣게 하고 억장 무너져 고개 떨구게 하고 으스대
게 하고 신음을 비명을 몰래 동봉한 환희를 전송하게 하
고 눈물 콧물 식은땀 생똥 싸게 하고 아닌 것을 맞다 하
고 옳은 것을 그르다 하고 깡그리깡그리 고개 끄덕이게
하고 흘러간 희망가를 부르게 하고 뒷주머니 몰래 감추
게 하고 아무것도 없다 하고 보지 않았다 하고 모르는
일이라 악 받쳐 악에 받쳐 아직도 두 주먹 불끈 쥔 비가
를 부르게 하고 장막을 내리게 하고 쥐구멍이라도 찾게
하고 답장도 없는 기나긴 편지를 쓰게 하고 삿대질 돌팔

매질 삼월이 오면 사월이 오면 오월이 오면 봄이면 봄마
다 때 이른 진군가를 부르게 하고 유월이 오면 팔월이 오
면 시월이 오면 아직 가 보지 못한 먼 데를 향해 고개 떨
구게 하고 부르르 몸서리치게 하고 돌아서서 그때 다 못
흘린 눈물 훔치게 하고 살려 달라 두 손 싹싹 빌게 하고
이제 제발 그 벼락은 나에게나 내려 달라 울부짖게 하고
뻔뻔스럽게 아직 그 자리 우뚝 선 너를 향해 한 번도 와
주지 않는 너를 향해 통곡하게 하고 허공을 쥐어뜯으며
마구 삿대질하게 하고

망일(亡日)

이젠 전화하지 마
술도 건네지 마
넌 지척이치만 난 몇 겹의 하늘을 건너왔잖아
불사르고 파묻은 일 되뇌지 마
다 잊은 거야
아무리 캐내도 기억 안 나
제발
털어도 피 한 방울 없었잖아
벌써 오십구만이천 년이 후딱 가 버렸네
우리 고작 촌철의 하루살이
기적이란 놈은 심심해 주리가 틀려야 깨어나니까
장사는 어서 망하고 볼 일이야
다시 번호표를 뽑고 기다려 봐
저기 줄서서 삼억구천 년은 기다려야 할걸
미안해
그때까진 아무에게도 말 시키지 마
아주 먼 훗날까지 날 만났다는 이야기
아무에게도 하지 마

오만 년 더 길을 잃어 봐야 하니까
다시 널 만나지는 못할 거야
기다리지 말고 어서 대문 닫아
밥 든든하게 먹고
알았지?

그리고 기적은 왔다

 단 하나의 기적도 일어나지 않았다는 게 기적이었다
만인이 우러러보는 사이 기적은 조금의 눈치도 보지 않
고 담담하게 걸어 나갔다는 게 기적이었다 이러고도 통
곡할 임종이 있고 축포가 터지고 우아한 탄생이 있다는
게 기적이었다 이런 판국에도 기적은 새판을 거듭하고
줄지어 배팅을 하고 판돈은 산더미처럼 쌓여 갔다는 게
기적이었다 지푸라기라도 거머쥐고 행복하게 죽어 간다
는 게 기적이었다 얼굴도 모르는 기적들이 승승장구 하
늘을 찌르고 흥청망청 지천을 뒹굴고 있다는 게 기적이
었다 아무 데나 엎어져 콧노래를 부르고 있다는 게 기적
이었다 알고 보면 모든 게 기적을 울리며 달려간 기적 때
문이었다 무섭도록 씩씩하게 기적을 울리며 가 놓고 여
태 아무 소식이 없는 기적 때문이었다 기적처럼 살지 못
해 죽지 못해 사는 사람이 기적처럼 줄을 서서 기다리고
있다는 게 기적이었다 그렇게 빗발치던 기적을 한 번 더
안 내려 준다는 게 기적이었다 기적을 싣고 달려가 기적
을 몽땅 어디 파묻어 버리고 온 걸 아무도 눈치채지 못
한다는 게 기적이었다 그사이 더 이상 갈 데가 없어진

기적들이 유령처럼 떠돌고 있다는 게 기적이었다 발길에
차이는 이게 온통 기적이라는 걸 모르고 있다는 게 기적
이었다

산책의 새로운 방식
—도요에서

길을 나섰네
이렇게 가서 노닥거리다 오면 외출이 되고
줄창 걷다 슬그머니 돌아오면 산책이 되었네
전등불 켜지는 주막이라도 기웃거렸다면
방황이 될 것이었으나
오늘 저녁 그것들이 싫어 계속 걷기만 하였네
가로등도 이정표도 신호등도 없었으니
그 일을 밀어붙이기에 이보다 좋은 황야는 없었네
저 건너 간간이 잊을 만하면
고속철이 맹렬히 지나갔으므로
오래전 선택한 속도에 열중할 수 있었네
무언가를 건지려고 줄창 밖을 내다본 이가 있었으나
그는 헐레벌떡 쾌속에 몸 묶이고
나는 털레털레 저속에 방치되어
처음부터 환승은 불가능했네
문득 걸음을 멈추고 방죽에 서서
느린 오줌을 갈겼으나
이 어스름한 노상방뇨는 영원한 미제로 남을 것이고

유일한 목격자인 내가 나를 처단하지만 않는다면
평화는 보장된 것이었네
강 이쪽 두어 걸음 가다 서다를 반복한 덕에
막 뜀뛰기 시작한 풀들이
내 앞에 싹 내밀어 쫑알대기 시작했네
별들이 입 벌려 흰 잇몸 드러내고 웃었네
홀로 가는 고적한 어깨를 핥기도 했네
감미로웠으나 눈물겨운 인간의 처소가 그리워
나는 이번 생에서는 별이 되지 않기로 작정하고야 말
았네
떨며 선 달에게 겉옷을 벗어 주고
혼자 둑방을 건너 낮고 누추한
인간의 처소로 돌아오고야 말았네

희미한 옛사랑의 그림자

  이제 방법은 그것밖에 없다고 누군가 말했다 그야 당
근일지라도 그걸론 부족하다고 말했다 글쎄 이것 보라고
앞서가던 사람이 껄렁하게 녹아 버린 간을 끄집어냈다
젖어 있을 때보다 시무룩 말라 가는 게 너의 진심이었다
자꾸 거기에 피를 묻히지는 말자며 전원 하나를 내렸다
모쪼록 그동안 토한 건 아직 서른세 번에 지나지 않아
모두 용서할 수 있다고 말했다 어디서 온 누구 말인지
몰라 주위를 두리번거렸다 아까 부른 노래의 삼절은 누
가 그 앞의 일이절 밑닦으로 쓴 것이라고 말했다 80년대
운동가를 그렇게 목놓아 부르는 바람에 세상은 아직 미
궁이 아니겠느냐고 말했다 이게 21세기 뽕짝이 안 되는
이유라면 이유이겠으나 호소력은 좀 뒤져도 남의 집 담
벼락에 오줌 누던 전통이 진화해 주차금지 범칙금이 된
것은 확실하다고 말했다 저기 선 삼각대는 가장 안전한
3차에서 정신을 잃을 것이므로 세 명이 술을 마시기 시
작하는 건 어느 모로 보나 자위행위에 가깝다고 말했다
결투는 생략하고 어서 술상이나 걷어차고 벌벌벌벌 바
쁘게 기어 집에만 도착하면 만사 오케이라고 말했다 그

것만으로 우리는 이미 충분히 실패했고 그건 삼척동자도
다 아는 엄연한 사실이라고 말했다 전원은 처음부터 모
조리 내려져 있었다는 매우 선정적인 주장이 제기된 것
이 이때쯤이었다

퇴로

　관에 들어가기 딱 좋은 오종종한 자세로 다음다음 골
목에 사는 할머니가 걸어오신다 다음다음 주자에게 바
통을 넘기려는지 나를 보자 반갑게 손을 흔들며 뛰어오
는 자세를 취했다 이크, 어떡하지, 행장도 챙기지 않았는
데, 잠시 난감해하는 사이 뒤에서 누가 붙들기라도 하듯
다행히 할머니가 포즈를 바꾸었다 관이 무거우면 큰일
이야 상여가 어떻게 저 가파른 언덕을 넘어가겠어, 버스
가 뒤뚱뒤뚱 넘어가고 있는 신작로를 할머니는 까마득한
황천길처럼 바라본다 오솔길도 없는 산길을 소학교 적엔
서너 번 연거푸 넘어 다녔어, 월사금 안 가져왔다고 선
생님이 돌려보내면 들일 하는 아버지 찾아 돈 받아 들고
다시 산길 넘었어, 공부 끝난 저학년 아이들이 운동장에
서 뛰놀고 있었지, 요 며칠 입맛 떨어져 두어 숟갈 뜨는
게 고작이라지만 자상한 어른들은 죽기 전 대부분 체중
조절에 들어간다 유랑 나서듯 유유자적할 틈 없다 관이
무거워 하늘까지 가지 못하고 추락하면 어떡해, 운구하
는 청년들이 불평을 터트리며 게으름 피우면 그 또한 큰
일, 어떻게 따낸 졸업장인데 씩씩하고 유쾌하게 황천길

직행해야지, 찰거머리처럼 달라붙는 오욕칠정 털고 가려면 만반의 준비가 필요해, 이번 달에도 나는 돌려받지 못할 부조를 두 곳에나 했다 자식들은 정지간에 나뒹구는 밥그릇 수습도 않고 조의금만 챙겨 야반도주 집을 팔고 내뺐다 빈집은 가끔 귀촌의 꿈에 부푼 도시 중년들이 멋지게 개조해 놓지만 대여섯 번 몰려와 자글자글 고기를 구워 먹고는 발길이 끊긴다 그래도 집은 외롭지 않다 그날 119 구급차에 모시면서 버려진 할머니의 흰 고무신 한 짝이 흙을 불러들이며 오래 조용히 축담 밑에 엎드려 있다 거기 할머니가 앉았다 가는지 올봄에 또 새싹이 돋았다 적막강산, 도대체 흥이 나지 않는지 싹은 손톱만큼 고개를 내밀다 만다

비비비

오래전부터 너는 나에게 오고 있었네 어떤 때
우산에 걷어차여 나자빠지고 어떤 때 내 어깨
그대 발목에 주저앉아 벌써 집 나가 버린 옛사랑
기우뚱 우산 내일 뛰어오고 있는 커다란 웃음

아 이제야 어렴풋이 생각난다는 듯 지난 어느 날
내게로 와 쓰러졌던 빗방울 걸어가 버린 길 위로
내리네 적시네 함부로 흘린 농담 눈물 범벅의 폐기물
망연히 선 너를 무등 태우고 아주 가서 오지 않던
소곤소곤 기웃기웃 부끄러운 고백의 어깨

계속 흘러 잘 익은 눈물 하나에 업혀 오래전
그러나 고작 10년 뒤 꼭 만나자던 약속을 어기며
외상값을 갚으러 온 휴지 조각들

긴 줄을 섰네 그래도 당신이 옳았다고 말해 주었네
문을 다 열어 놓았는데도 담 넘어온 고양이
수수만년 전 그의 유언이 맞는지 보려고

겨우 이 개골창에 도착했네
떠내려가지 않고
갈림길에서 번뇌하는 쥐 한 마리 나를 보고서야
할 일을 마쳤다는 듯 눈을 감네
쥐었던 주먹을 놓네 슬그머니

자갈치 사용설명서

　무작정 끝까지 가 보고 싶어, 또는 더 살아야 할지 말
아야 할지 아득하기만 해, 막차를 타신 분들, 글쎄 태종
대 자살바위 아래 부서져 흔적 없이 사라질 각오로 오
신 분들, 그러지 말고 딱 한 번 자갈치까지만 오시라니
까, 부산역에서 고작 10분, 일단 비장한 각오는 유보하
시고 대가리 잘려서도 꿈틀, 끝까지 눈 치켜뜬 저놈들
보세요, 저놈들보다 못해선 안 되겠다고 죽을힘으로 신
나게 살고 있는 아지매 아저씨들 보세요, 저기 영도다리
가랑이 아래 건어물 골목, 멸치들 아직 꼬들꼬들 다 마
르지 않았어요, 도대체 죽은 놈으로 분류할 수가 없어
요, 망망대해 싸돌아다니며 헛바람 든 거품 빠지는 중,
여기서는 바닥에 나뒹구는 생선 대가리 하나도, 아가리
벌리고, 눈 똑바로 뜨고, 아우성이에요, 악악, 바득바득,
절망하고 한숨 내쉴 틈 없어요, 수만 번 부서졌지만 다
시 기세등등 달려오는 파도, 그렇지요, 아무래도 좀 더
철썩여 봐야겠지요, 방파제를 때리던 제 손을 거두어 철
썩철썩 제 따귀를 때리고 있어요, 글쎄, 세상 그만 걷어
차 버릴 각오로 기차를 탔지만, 여기서 다시 출발해 보

는 거예요, 머리 디밀고 잠시 숨 고르기 하는 배들, 세파
에 침몰하지 않으려면, 세파를 날렵하게 올라타야 해요,
터지고 찢긴 생선 상자 위에 기고만장 올라선 저 바닷
바람, 보세요 끝까지 왔지만 여긴 종착이 아닌 시작이에
요, 조금만 더 바둥대다 보면, 저렇게 시퍼런 비늘로 퍼
덕이는, 하늘을 품에 안을 수 있다니까요, 차돌처럼 단
단해진 파도가 온통, 저렇게, 깔깔대며, 달려오고 있다니
까요.

돈의 이유

내게 돈이 없는 건 돈이 내게 오지 않아서다
어쩌라고
오기 싫은 돈을 난들 어쩌라고

스무 살, 주머니에 든 몇 푼
한 푼 줍쇼, 달려드는 파도에 쥐 버리고
저녁 내내 걸어 집에 왔다
아는 유행가 차례대로 앞세우고

기분은 날아갈 듯 상쾌했다
그 먼 길 고개 숙이지 않고

그 바람에 돈돈돈 돈이 돌아 버렸다
저렇게 미쳐 날뛰기만 하지
도통 내게 올 생각을 않는다

어쩌라고

4부

밤의 탱고

휘영청 달 밝아 공중곡예 시작한
고양이의 사타구니가 잘 보이는 밤
고개 숙이고 지나가는 달빛에 베인
목덜미가 서글퍼지는 밤
가을은 짝이 있어 외로운 밤
벗이 있어 입을 다문 밤
묻어 둔 말을 꺼내 흩뿌리고 나면
금방 새싹처럼 돋아나는 서러운 말
그걸 탈곡해 한 짐 지고 오느라
저렇게 둥근 달의 등골이 하얗게 휜 밤
고작 내디딘 서너 걸음 지나온 길
자꾸 돌아보는 달아 바람아
가던 길 멈추고 먼 딴 데로 한눈 팔아 주는
강의 허리로 허방 짚으며
너 정말 다시 꼬꾸라지기 참 좋은 밤

잎들

잎은 나무의 귀
수천수만 빛깔로 돋아
저 높고 푸른 하늘을 엿듣지
먼길 달려온 바람의
지친 어깨 어루만지지
해를 따라 붉어진
잎은 나무의 혀
수천수만 노래로 휘날리며
흥얼흥얼 어깨춤
먼 유랑을 떠나지
잎은 나무의 눈
너와 눈 맞출 날 언제일지 몰라 두리번
너 지금 어디까지 왔는지 몰라
쫑긋 세워 기다리는
잎은 나무의 귀
새파랗다가 발그레하다가
흠, 흠, 잎은 나무의 코
솔솔 날아온 향기 따라

이리저리 나풀대고 있는
잎은 나무의 입
그대 그냥 지나칠까 봐
서걱서걱 부르고 있는
속삭임이다가 울부짖음이다가
더 이상 기다릴 수 없어
종종걸음치는
잎은 나무의 발

소낙비 손님

모래알만큼 많은 정거장 중에
지구 정거장을 찾아 주신 여러분 고맙습니다
먼먼 창공을 부지런히 오셨으니
이제 시원하게 한 줄 갈기셔도 되겠습니다
힘찬 오줌발 속에 알알이 박힌 먼 별의 소식
지구별 일제히 일어나 박수갈채 보내고 있군요
여기 소식도 그 어느 뒤춤에 품고서
가시고자 하는 다음 목적지까지 안녕히 가십시오

어떤 윤회

여름 깊어지자 밀린 이자 받으러 온 모기들이 현관 앞
에 줄을 섰다
　그중 몇 철통 수비 뚫고 들어와 이래도 모르겠냐고 치
부장 내역을 읽어 준다
　애―앵―애―앵―애―앵
　수수만년 파묻고 왔는데도 대차대조표는 정확하다
　눈덩이처럼 불어난 몇 모금 이자를 내어 주었다

암각화의 말

네가 너에게 보낸 오래전 그 말
몰래 보고 혼자 가로챌까 봐
지워지지 않을 자리에 그려 둔 그 말
저만큼 찢어 날려 버릴까 봐
수수만년 비와 바람이 시샘하여도
꼭꼭 붙잡아 가슴에 안아 끄떡없도록
저리 버티고 선 등판에 박아 둔 말
영영 아주 먼 데서 오고 있는 네가
영영 아주 먼 데를 찾아 헤맨 너를 향해
자꾸 손 흔들어 부르고 있는 말
귀먹어 못 알아들을까 봐
까막눈이라도 더듬어 알아듣도록
저리 공들여 새겨 놓은 말
아직 한 번도 주고받지 못하였으나
아직 멀리서 웅성대는 소리에
바위 문을 밀치고 나와
네가 너를 맞이하고야 말 그 말
바위의 귀가 꼭꼭 담아 놓고 있다가

네가 너를 얼싸안을 때
터져 나오고야 말 그 말

몸살, 봄

봄의 재채기 새싹
오래전 씨앗이 간질였던 곳
이제야 꽃이 옛-치
천지사방 튕겨 나간 꽃가루
꽃가루 받아 기침하는 내 몸
여전히 들떠 지금 봄
박차고 나와 따습게 엉겨 붙어
울컥 그리고 쿨럭
눈물보다 진하고
콧물보다 따스한
가랑이길 간질
그리고 울컥
누가 오나
누가 자꾸 오나
산마루에 올라 쿨럭
그리고 옛-치
어지럽게 산발한 머리
푸른 불 놓고 저만큼 달아난

들녘은 지금
왁자하고 지껄
다투어 터지는
웃음 씨앗 엣-치

바람과 새와 잎

어디서부터 왔는지 붉은 입술 하나 떨어졌다
너는 다가가 그의 몸을 만진다
어디서부터 왔는지 그의 몸을 흔든다
저 혼자서는 말할 수 없다는 걸 알고 있다
결국 아무도 알아보지 못하리라는 것도 알고 있다
그것의 증좌가 되려고
까마득 기억도 없는 곳에서 너는 왔다
길을 멈추고 지저귄다 앞다투어 한참
그러고도 결국
아무도 알아듣지 못할 것이란 걸 알고 있다
또 다른 기억들이 달려와서 고개만 갸우뚱
그의 노래를 오래 만지작거리다 갔다

두 그루

뜰에 선 단풍나무 딱 한 그루였다면
저리 얼굴 붉어지진 않았으리
한 발짝 더 다가가 보려고
저리 애를 태우지도 않았으리
자꾸 고개 돌리는 널 붙잡아 보려고
저리 얼굴 빨개져 고함지르지 않았으리
이런 꼴 남우세스럽다며
왁자지껄 잎 떨구지도 않았으리
이 모두 늦바람 난 자네 때문이라며
울창빽빽한 입술에 불을 놓지도 않았으리
종알대던 말들을 다 떨쳐 버리고
저리 빈털터리로 돌아서지도 않았으리

극장의 추억

멀티상영관만 아는 요즘 관객들은 상상도 못할 일이지만 말이야, 우리 땐 헐값에 영화 두 편 보여 주는 동시상영관이란 게 있었어, 인간적이었지, 한 편으론 섭섭하니 한 편 더, 한 번으로는 안 풀리는 인생이니 앞에 것 지우고 한 번 더

금방 떨치고 온 오줌이란 놈이 저도 끼워 달라고 지린내 앞세우고 상영관까지 졸졸 따라 들어왔지, 그놈들 무르팍에 앉히고 장대비가 주룩주룩 내리는 영화 속으로 걸어 들어가는 거야, 푸르죽죽한 인생들이 흘려야 할 눈물이 저 정도 빗금은 되어야 할걸

수백 번도 넘게 돌아갔을 화면이 시시한지 영화 세상은 자주 시공을 건너뛰었지, 박장대소 환호성 터트리느라 흐르는 눈물 닦느라 스크린은 자꾸 암전되었지, 건달들이 삑삑 휘파람을 불며 어딘가로 달아난 주인공들을 잡아들이면서 영화는 끊어질 듯 이어졌지

아까 그만큼 울렸으니 이번엔 배꼽 빠지게 웃겨 보내는 게 어때? 한 번은 뭉클한 멜로였으니 또 한 번은 화끈한 액션으로 버무려 주는 거야, 고달픈 장면일랑 적당

히 날려 보내고, 차마 보아 넘기기 힘든 장면에선 잠시
암전되는 게 좋아

인생무상도 억울한데 속사포처럼 마구 내달려서야 쓰
겠어, 이렇게 살아 봤으니 이번엔 분위기 바꿔 저렇게도
살아 보는 거지, 아깐 착한 눈물샘 지금은 무지막지 불
한당, 인생은 역시 오금 저리는 반전이 있어야 살맛 나는
가 봐

삭막하고 허전한 요즘 인생 막가는 거 딱 한 번으로
끝나는 막장 드라마여서 그럴 거야, 세상에 한 번 만에
되는 게 어디 있겠어, 그래, 안 그래?

잠시 쉬었다가 우리 분위기 바꿔 다시 한 번 시작해 볼
까

눈물

노쇠한 발발이 개가 내 다가오는 걸 보고
엎드린 채 꼬리를 흔든다
일어설 기력도 없이 눈만 젖어 있다
마지막 인사인 듯하다
그냥 지나칠 수 없어
나도 뭔가를 꺼내 흔들어 주었다
아무에게나 쉽게 흔들어 준 적 없는 그것
한때 사랑했던 것들이 그러하듯
이 다음다음 눈맞춤 할 때
딱 한 번에 알아볼 그렁그렁한 그것

사방천지 멸치

멸치들 사방천지에서 몰려와 총회하고 있는데
다 잡아 부렸네그려
그렇거나 말거나 아까 치고받던 안건을 두고
배 안에서도 지금 의견이 분분하네그려
우르르 저쪽으로 몰려갔다가
와르르 이쪽으로 다시 왔다가
고꾸라지고 미끄러지며
제 주장 굽히지 않네그려
그것만은 절대 안 된다며 펄쩍펄쩍
하늘을 향해 솟구치는 놈 있네그려
그런 녀석들 싸그리 쨍쨍한 갯가로 불려 나와
따끔따끔 햇살 회초리 맞고 있네그려
눈물 콧물 다 말라 꼬들꼬들 몸 사리고 있네그려

밤의 도서관

더 이상 웃지 않아도 된다
슬픈 게 당연한 일상사가 되었으니
또 한 번 울지 않아도 된다
조금 흐르다 만 웃음은
군침에 비벼 감쪽같이 삼키면 된다
칼날이 생각보다 예리예리하면
백 년 가까이 냉동된
너의 괄약근을 썰어 넣으면 된다
소금장에 찍어 한 문장만 씹어 보면 안다
촘촘 박힌 납골묘에는
먹을 만한 살코기 대신
푸석한 몽환의 흔적만 남아 있다는 걸
그러니 안심하라
매일 먼지를 털어 보지만
휘어진 등은 잠시도 펴지지 않는다
그렇다고 기뻐 나자빠지지는 말자
종이감옥을 탈출한 글자들이 서걱서걱
어둠을 베어 내며 이리로 걸어오고 있으니까.

저 별은 너의 별

지금 제가 보고 있는 저 별은 지구상에 삼백삼십억 년
만에 태어난 아이예요 삼백삼십억 년 동안 진화해 앞뒤
에 반짝이는 눈 하나씩 달았어요 마지막으로 남은 산부
인과 분만실 장비가 철수되고 죽음조차 없어진 후 삼백
삼십억 년의 연구 개발로 하루 한 알 백 년을 복용하면
다시 죽음에 이르는 신약이 발견되었어요 중단된 지 오
래인 거룩한 장례의식을 삼백삼십억 년 검색 후 겨우 복
원한 이 장례절차를 보려고 우주 각처에서 구경꾼들이
구름을 타고 막대한 프리미엄이 붙은 암표를 거머쥐고
몰려들었어요 죽음을 경매받기 위해 다시 태어나도 되겠
습니까? 하늘 땅에 흩어진 모래알보다 많은 저 별들의
동의서를 받으려고 하늘 우체국 앞에 줄서서 앞으로 구
만구천구백구십구 일 소인까지 유효한 편지를 기다리고
있는 중입니다

울창빽빽 옹졸

옹졸이 싫지만 옹졸을 알아차리는 내가 더욱 싫네
명백한 과오를 편드는 내가 싫지만 그 소심을
예민한 촉수라 변호하는 내가 더욱 싫네 나는 나
하나만으로 족한데 또 다른 나 또 다른 나의 나를
알아차리는 또 다른 나가 있으니 싫네 옹졸을
버리고 옹졸을 걸어 나와 내가 딱 하나뿐인 나라로
두 손 두 발 투항하면 좋겠네 이런 나
저런 나 수시로 외나무다리에서 만나
피 터지게 싸우는 동족상잔의 나라에는 더 이상
살고 싶지 않네

내가 없는 나라 옹졸한 내가 어디
멀리 여행 가고 없는 나라 여행 가서 비명횡사하면
더 바랄 게 없는 나라 더 이상 옹졸이
핵분열하지 않아도 되는 나라로 이민 가고 싶네
누가 야밤에 담 넘어와 나의 하나뿐인
어여쁜 옹졸을 겁탈해 가면 더 바랄 게 없겠네
옹졸을 깨부수러 집채만 한 파도가 수시로

떼 지어 달려왔으면 좋겠네 그 소용돌이

옹졸만이 빽빽해 옹졸만이 울창해 더 이상

옹졸하지 않아도 되는 나라로 밀입국하면 좋겠네

호주머니의 계보

딸그락땡땡 동전 부딪치는 소리를 자랑스러워한 적 있었다 어디서든 까뒤집어 자신 있게 보여 주던 호주머니 세상이 몰락한 뒤 새로운 호주머니 세상이 도래했다 제 손만을 통과시킨 호주머니 세상이 가고 출처를 알 수 없는 무수한 손이 들락거린 호주머니가 대세를 잡는 세상이 도래했다 안이 다 들여다보이는 해진 호주머니에는 이제 자신의 손도 찔러 넣을 수 없게 되었다 한때, 오랜 세월, 생각하면 할수록 멋진 호주머니였으나 유아독존 고립무원 피붙이 하나 없는 단 하나의 호주머니는 잠시 손 찔러 넣고 먼 산을 그윽이 바라볼 때나 유용해졌다 그러니까 세상의 성공과 실패는 모두 호주머니에 달려 있었다고 해도 과언이 아니었다 한때, 호주머니에 손을 찔러 넣어 두는 게 사람으로 할 수 있는 가장 멋진 일이었으나 호주머니 학교를 중퇴한 사람들의 기법은 필요 이상 능란하고 엄숙해져만 갔다 호주머니 안에 호주머니, 호주머니 뒤에 호주머니, 호주머니 위에 호주머니를 만들고 은닉할 줄 알았다 호주머니 넘어 너머 들어가면 거기 웅장한 위용의 호주머니가 깊숙이 눈을 번득이고 있었다 첫 번째 호주머니에서부터 삼백예순다섯 호주머니까지 같은 항렬자를 물려받은 자식들이었으나 한번도 대면한 적은 없었다 아무도 자신과 유사한 유전자를 가진 형제자매가 있다는 걸 알지 못했다 그것을 끊고 들어갈 비수를 호주머니에 넣어 다녔으나 호주머니는 철통같아지고 비수는 무디어졌다 가파른 길을 잘도 피해 다닌 호주머니는 질기고 딱딱해진 거미줄일 뿐 날렵한 호주머니들은 거기에 한번도 걸려들지 않았다 총보다 야비한 볼펜 한 자루, 며칠째 저울질만 하고 있는 지폐 몇 장이 걸려 직무유기를 추궁당하고 있을 뿐이었다

그날의 난파선

무심한 세월이 우리 가슴에 박아 두고 간
수백 개 대못이라 기억하자
온 데 퍼질러 놓고 온 엉망진창 뒷덜미
여기 와서 꽂힌 시뻘건 불화살이라 기억하자
뿌리치고 짓밟고 깔아뭉개고 깨부순
개발 전진 오십 년의 피울음이라 기억하자
오금을 못 펴고 조아렸던
식민… 독재… 동족상잔…
그 먼 백년의 통곡이라 기억하자
가슴을 찢어 놓은 대못
가슴 깊이 꽂혀 울고 있는 불화살
너와 나의 돌아선 등판에 날아와 박히는데
어쩌나 이를 어쩌나
혼자 살자고 황급히 도망간
부끄러운 족적들 어쩌나
금방 훌훌 벗어 던지고
제 밥그릇에 목 터져라 응원하는
제 밥그릇에 목 터져라 분개하는

이 재빠른 망각을 어쩌나
눈물 닦던 손등이 마르기도 전
텔레비전 앞에 금방 또 하나가 된
이 소름 끼치는 환호를 어쩌나
우리의 무능이었다 기억하자
우리의 수치였다 기억하자
바다 깊이 가라앉고 만
우리의 자존이었다 기억하자
저 심해까지 내려가 다시 건져 올려야 할
공생공사의 깃발이라 기억하자
우리 가슴 깊이 새겨 품어야 할
잊을 수 없는, 잊어서는 안 되는
치떨리는 비겁이었다 기억하자

정답? 오답?

공무원 시험에 줄창 낙방만 하던 남자가 발길 닿는 대
로 걷다가
무심코 점찍은 한 아파트 옥상에 올라가 뛰어내렸는데
귀가하던 공무원 머리 위에 정확하게 떨어졌다
그 문제를 맞힐 확률은 억억 분의 일이었는데도
그것은 가차없이 다시없는 오답으로 처리되었다
필생을 건 이것도 정답이 아니라면

도대체 이따위 문제를 누가 출제한 거지!

인간의 처소를 향하여

고봉준(문학평론가)

감미로웠으나 눈물겨운 인간의 처소가 그리워
나는 이번 생에서는 별이 되지 않기로 작정하고야 말았네
떨며 선 달에게 겉옷을 벗어 주고
혼자 둑방을 건너 낮고 누추한
인간의 처소로 돌아오고야 말았네
　　　－「산책의 새로운 방식－도요에서」 부분

　시인은 '길'을 나선다. 그의 발걸음의 성격은 아직 결정되지 않았다. 그는 자신의 발걸음이 '외출'인지 '산책'인지, 또는 '방황'인지 고민하면서 걸음을 옮긴다. 길에는 가로등이 없고, 이정표가 없고, 신호등도 없다. 고속철도가 지나가고, 강이 등장하는가 싶더니, 이윽고 풀과 별이 주변을 둘러싼다. 하지만 시인의 발걸음은 결국 '인간의 처소'로 이

어진다. 그의 발걸음은 결국 '산책'이 되고, 그는 "이번 생에서는 별이 되지 않기로 작정"했다고 고백한다. 최영철의 시는 '별'이 가리키는 '초월'의 세계보다는 '인간의 처소'에 더 가깝다. "죽지 않으면 저 별로 단숨에 넘어갈 수 없"(「언젠가 가능한 일」)기 때문이다. 그의 시에서 이러한 내면의 지리학은 '일상'과 '자연'을 매개로 가시화된다. 그의 시편들이 변함없이 일상적 경험의 범주를 벗어나지 않는 까닭은 일차적으로 이 세계의 가치법칙이 직접적으로 작동하는 곳이 바로 '일상'이기 때문일 것이다. 하지만 시인에게 '일상'은, 한편으로는 긍정해야 할 대상이지만, 또 한편으로는 세계의 속물성을 비판하고 자신의 삶을 성찰하기 위해 천착해야 할 비판의 대상이기도 하다. 이번 시집 『말라간다 날아간다 흩어진다』는 이러한 비판과 성찰을 "무거운 말들"(「파도의 파도」)이 아니라 유머와 희극성이 돋보이는 '가벼운 말들'을 중심으로 실험하고 있다.

> 옹졸이 싫지만 옹졸을 알아차리는 내가 더욱 싫네
> 명백한 과오를 편드는 내가 싫지만 그 소심을
> 예민한 촉수라 변호하는 내가 더욱 싫네 나는 나
> 하나만으로 족한데 또 다른 나 또 다른 나의 나를
> 알아차리는 또 다른 나가 있으니 싫네 옹졸을
> 버리고 옹졸을 걸어 나와 내가 딱 하나뿐인 나라로
> 두 손 두 발 투항하면 좋겠네 이런 나

저런 나 수시로 외나무다리에서 만나
피 터지게 싸우는 동족상잔의 나라에는 더 이상
살고 싶지 않네

내가 없는 나라 옹졸한 내가 어디
멀리 여행 가서 없는 나라 여행 가서 비명횡사하면
더 바랄 게 없는 나라 더 이상 옹졸이
핵분열하지 않아도 되는 나라로 이민 가고 싶네
누가 야밤에 담 넘어와 나의 하나뿐인
어여쁜 옹졸을 겁탈해 가면 더 바랄 게 없겠네
옹졸을 깨부수러 집채만 한 파도가 수시로
떼 지어 달려왔으면 좋겠네 그 소용돌이
옹졸만이 빽빽해 옹졸만이 울창해 더 이상
옹졸하지 않아도 되는 나라로 밀입국하면 좋겠네
　　　　　　　　　　　　　　　－「울창빽빽 옹졸」 전문

　‘일상’ 세계에서 시인의 시선은 두 방향으로 분할되어 있
다. 하나는 ‘나’의 바깥을 향한 시선이고, 다른 하나는 ‘나’
의 내부를 향한 시선이다. 전자의 시선이 ‘윤리’라면, 후자
의 시선은 ‘성찰’이라고 말할 수 있다. 상식적으로 말하자
면 이들 두 시선이 적절한 비율로 합산되어 ‘나’의 시선을
구성한다고 이해할 수 있지만, 실제의 시각적 경험은 그
것과 달리 ‘내면’을 경유하여 ‘바깥’을 응시하거나, 반대로

'바깥'을 경유하여 '내면'을 응시하게 되는 것이 일반적이다. 세상에는 전자의 시선으로 창작된 시가 있는가 하면, 후자의 시선이 지배적인 작품들도 있다. 실존 또는 존재(existence)한다는 것은 자신의 내면만을 들여다본다는 의미가 아니라 '바깥', 즉 타인을 향해 존재(ex-sistence)한다는 것을 뜻한다. 시집의 첫 페이지 「동감」의 한 장면은 이 시집의 출발선이 어디인가를 분명하게 보여 준다. "조그만 종이박스 하나를 놓고 껄렁하게 앉은 사내를 보았다 그 무성의가 마음에 들어 얼른 지폐 한 장을 그의 아가리 속으로 내동댕이쳤다 무척 화가 난 듯 새로 생긴 폐기물 처리가 걱정이라는 듯 굴러들어 온 돈을 그가 미심쩍게 내려다보았다"(「동감」). 화자는 '보았다'라는 술어를 통해 한 사내와의 만남이 자신의 주체적인 선택에 의한 것처럼 표현하고 있지만 교차되는 화자와 '사내'의 시선이 암시하듯이 그것은 상호적인 사건에 가깝다. 즉 이 사건은 '사내'가 화자의 시선을 사로잡은 것이기도 하다. 때문에 돈을 내동댕이치는 화자의 행위와 그것을 미심쩍은 시선으로 내려다보는 '사내'의 시선 또는 그 행위에서는 비대칭성을 발견하기 어렵다. 시인이 그 장면을 "지폐를 사이에 두고/오래전의 약속인 듯"하다고 표현하면서 '웃음'으로 마무리한 이유도 여기에 있을 터이다.

반면 「울창빽빽 옹졸」에서 시인의 시선은 '옹졸'한 자신의 내면을 비춘다. 후자의 시에서 화자의 '시선'이 응시하

는 대상은 '바깥'의 사물이나 풍경이 아니라 '나', 즉 '자신'
이며, 그것도 "옹졸을 알아차리는", "명백한 과오를 편드
는", "소심을/예민한 촉수라 변호하는" 나처럼 성찰적인 메
타 시선에 의해 포착되는 '자아'이다. 이러한 시선 경험은
'옹졸'이라는 성찰을 계기로 무한히 확장된다. 과잉된 자의
식이라고 말할 수 있는 이러한 자기 성찰은 오랫동안 20세
기 소설 문학의 전유물로 여겨졌고, 특히 그러한 주제의식
은 모더니즘 특유의 분열된 의식을 동반함으로써 난해한
문학으로 평가되었다. 그런데 이 시에서 화자는 그러한 의
식 분열과 무한 반복되는 성찰의 시선을 "옹졸한 내가 어
디/멀리 여행 가고 없는 나라 여행 가서 비명횡사하면/더
바랄 게 없는 나라 더 이상 옹졸이/핵분열하지 않아도 되
는 나라로 이민 가고 싶네" 등처럼 유머가 섞인 명랑한 언
어로 표현하고 있다. 최영철의 이번 시집은 주제의 층위에
서는 여타의 서정시는 물론 자의식을 전면에 등장시키는
모더니즘의 그것과 유사하지만, 표현의 층위에서 그것은
전통적인 서정시의 반성적인 목소리가 반복해 온 죄의식,
모더니즘 특유의 심각한 태도와 분명하게 구별된다. "옹졸
을 깨부수러 집채만 한 파도가 수시로/떼 지어 달려왔으면
좋겠네"라는 진술처럼 '옹졸'한 자신에 대한 시인의 성찰은
'나'의 해체를 욕망하는 방향으로 진행되고 있다.

밥 끓는 소리?

아니, 밥 앓는 소리

아침 행진곡?

아니, 지금 저 구덩이 속 날뛰고 있는

낟알들의 단말마

알갱이 하나하나

구슬땀 또는 진땀

진심은 식은땀?

아니, 으깨진 전리품

아니, 박살난 피

어제도 아침

벌써 저녁이더니 벌써 아침?

쏜살같이 줄행랑친 밤

십 리도 못 가 곤두박질

지금 잠복 중?

아니, 발가발가 벗기운 채

9호 광장 숨 몰아쉬기 백만 번

고작 땀은 한 드럼도 못 채웠네

지옥 같은 100년

천당만큼, 지옥보다 깊은 정적

아니 아니, 절대 포기할 수 없는 판타스틱

다시 광빨 날리게

히덕히덕 또는 허덕허덕?

-「아침」전문

다르게 보는 것 또는 다르게 표현하는 것은 예술이 세상(의 질서)에 저항하는 방법의 하나이다. 철학자 니체의 말처럼 우리는 의식하지 못하는 순간에조차 길을 잃고 지도 밖에서 헤매게 될 공포가 두려워 이미-항상 정해진 길만을 고집하는 경향이 있다. 이러한 습관의 힘은 감각이나 경험에도 동일하게 나타난다. 프로이트가 '꿈'의 내용을 기술하는 우리의 진술과 실제 '꿈' 자체를 구별했듯이, 세계에 대한 우리의 '경험' 그 자체와 경험에 대한 '기술'은 확연히 다르다. 이러한 차이는 우리가 어떤 경험을 기술하거나 표현할 때, 자신도 알지 못하는 가운데 관습화된 방식에 의지하기 때문에 발생한다. 나아가 이러한 문제는 경험 그 자체의 구조에 영향을 미쳐서, 인간에게는 자신이 습득한 특정한 방식으로만 대상-세계를 감각하려는 신체적·정신적 고집이 존재한다. 예술은 일차적으로 우리에게 사물-대상을 비(非)일상적인 맥락에서 감각할 것을 요구하고, 다음으로 사물-대상이 경험의 방식과 조건에 따라 다르게 감각될 수 있음을, 아니 사물-대상을 실용적인 관점에서, 그리고 불변하는 것으로 인식하는 것의 문제성을 환기시킨다. 그런 한에서 '다르게 보기'는 모든 예술, 특히 시(詩)의 출발점이라고 말할 수 있다.

시에서 사물-대상을 '다르게 본다'는 것은 일차적으로 그것을 '주관'의 층위에서 감각한다는 것이다. 그리고 이러한 주관화를 위해서는 사람들이 사물-대상에 대해 공유

131

하고 있는 감각, 특히 실용적 용도나 객관적 인식으로부터 분리하는 작업이 선행되어야 한다. 인용 시에서 반복적으로 등장하는 "아니"라는 단호한 부정의 역할이 바로 그것이다. 총 23행으로 이루어진 이 시에는 '아니'라는 부정어로 시작되는 행이 여섯 번 등장한다. 강력하면서도 단호한 부정적 의사로 시작되는 이들 진술은 이전에 등장하는 '?'가 붙은 문장의 내용을 부정, 즉 '다르게 보기'의 방식으로 전도시키는 진술들이다. 특히 이러한 전도가 '참/거짓'의 인식론적인 것이 아니라 감각적인 사건이라는 사실이 중요하다. 가령 화자는 "밥 끓는 소리?"라는 의문문을 "아니, 밥 앓는 소리"라는 평서형 문장으로 전도시킨다. '아침'이라는 표제를 염두에 두고 읽으면 화자에게는 '밥 끓는 소리'가 '밥 앓는 소리'로 감각된다는 것으로 이해할 수 있다. 여기에서 '밥 끓는 소리'가 인식론적 사건이면서 동시에 일상적·상투적인 감각의 산물이라면, '밥 앓는 소리'는 감각론적·시적 사건이면서 동시에 비일상적 감각의 산물이라고 말할 수 있다. 한편 "파랑인 줄 알았는데 노랑이었어… 하양이어도 좋겠다고 생각했으나 벌써부터 빨강이었어? 등에 묻힌 피를 흔들어 보니 그때 잘못 엎질러진 주황이었어…"(「그리고…」) 같은 계기적 진술은 '다르게 보기'와는 또 다른 방식으로 일상적·상투적인 감각을 비틀고 있다. 이것은 문법적으로 종결되어야 할, 또는 독립적인 문장들 사이에 말줄임표(…)를 삽입함으로써 '단절'과 '연속'

의 경계를 허물어뜨리는, 그럼으로써 '단절'이면서 '연속'
인 새로운 문법을 창조한다. 그런데 이러한 감각의 전도는
"다시 광빨 날리게/히덕히덕 또는 허덕허덕?"(「아침」) 같은
표현처럼 작품 전체에서 다분히 희화화된 방식으로 표현
되고 있다. 이것은 의도된 비시적(非詩的) 표현이다. 최영철
의 이번 시집에서 인상적인 요소는 시집 전체에 걸쳐 고집
되고 있는 의도적인 비시주의적(非詩主義的) 표현 방식이다.

비 올 때 슬그머니 탈출하려고 낙하산을 만들었으나
더 이상 낙하할 곳이 없는 바람에
우산이 되고 말았다지
비 오나 눈 오나 햇살 퍼붓는 날에도
그걸 접지 못하는 건
그래도 언젠간 날 수 있다는 믿음 때문이라지
언젠간 다시 떠오를 희망 때문이라지
활짝 펼친 저 행렬을 봐라
비 오나 바람 부나 햇살 따가우나 저리 당당한 건
간혹 그게 남사스러울 때 얼굴 숨기기 좋아서라지
그걸 받치고 있으면 얼굴 환해져
금방 낙하산 타고 내려온 천상 손님으로 보여서라지
해 쨍쨍한 날에도 그걸 접지 못하는 건
밤새도록 다짐한 굳센 언약 보일까
걱정되어서라지

낙하산 태워 보낸 그 사람 볼 낯이 없어서라지

바람 심한 날 그래도 간혹 그 사람 그걸 까뒤집고

알밤을 먹이고 도망가기도 한다고 했지

그래도 그걸 접지 못하는 건

언젠가 날 수 있을 거라는

희망 때문이라지

그 많던 희망 다 들통나고

이제 딱 하나 남은 그 희망 때문이라지

－「우산의 탄생」 전문

칸트의 무관심성(Interesselosigkeit)이 그렇듯이, 예술은 대상－사물을 일상적이고 실용적인 맥락으로부터 분리시키는 것으로 시작된다. 넓은 의미에서 보면 '다르게 보기'나 '낯설게 하기' 역시 이러한 분리의 일종이라고 말할 수 있다. 그런데 「우산의 탄생」에서 시인은 '우산'의 기원을 시적인 방식으로 왜곡함으로써 일상적 사물－대상인 '우산'에 새로운 의미를 부여한다. '우산'의 사전적 의미는 "비가 올 때에 머리 위에 받치어 비를 가리는 물건"이다. 이렇게 실용적인 '기능'을 중심으로 '우산'을 인식하면 그것은 일상적인 도구로서의 사물－대상의 범주를 벗어나지 않는다. 그런데 시인은 '우산'에 "비 올 때 슬그머니 탈출하려고 낙하산을 만들었으나/더 이상 낙하할 곳이 없는 바람에/우산이 되고 말았다지"라는 전혀 엉뚱한 기원을 부여함으로써

독자들의 시선을 사로잡는다. '우산'의 기원이 낙하산이라는 것이다. 그것은 "늦가을 늦게 오는 너를 첫눈이라 하지 말고/새봄에 처음 오는 너를 첫눈이라 하자"(「봄눈」)라는 주장만큼이나 엉뚱하다. 물론 낙하산이 개발되기 이전에 우산을 낙하산처럼 사용하려는 시도가 없었던 것은 아니다. 하지만 이 시에서 '우산'의 원조가 '낙하산'이었다는 주장은 어린아이들이 우산을 낙하산처럼 사용하는 놀이를 보고 떠올린 시적 착상이라고 이해하는 것이 타당할 듯하다. 그런데 시인의 시적 사유는 여기에서 그치지 않는다. 시인은 4~7행에서는 '우산'을 "언젠간 날 수 있다는 믿음"과 "언젠간 다시 떠오를 희망"의 기호로 해석하고, 9~10행에서는 거리의 사람들이 우산을 접지 않는 이유는 "남 사스러울 때 얼굴 숨기기 좋"기 때문이라고 주장한다. 아니, 시의 종결부에서는 '우산'이 "딱 하나 남은 그 희망"이기 때문에 접을 수 없는 것이라고 진술하고 있다. 이처럼 '우산'이라는 일상적 도구에 낯선 기원을 부여하고, 그 과정을 통해 실용적인 도구에 그것과 전혀 다른 시적 의미를 부여하는 해석술은 시가 '일상'과 맺는 새로운 가능성을 보여 준다는 점에서 흥미로운 실험이다.

무작정 끝까지 가 보고 싶어, 또는 더 살아야 할지 말아야 할지 아득하기만 해, 막차를 타신 분들, 글쎄 태종대 자살바위 아래 부서져 흔적 없이 사라질 각오로 오신 분들,

그러지 말고 딱 한 번 자갈치까지만 오시라니까, 부산역에서 고작 10분, 일단 비장한 각오는 유보하시고 대가리 잘려서도 꿈틀, 끝까지 눈 치켜뜬 저놈들 보세요, 저놈들보다 못해선 안 되겠다고 죽을힘으로 신나게 살고 있는 아지매 아저씨들 보세요, 저기 영도다리 가랑이 아래 건어물 골목, 멸치들 아직 꼬들꼬들 다 마르지 않았어요, 도대체 죽은 놈으로 분류할 수가 없어요, 망망대해 싸돌아다니며 헛바람든 거품 빠지는 중, 여기서는 바닥에 나뒹구는 생선 대가리 하나도, 아가리 벌리고, 눈 똑바로 뜨고, 아우성이에요, 악악, 바득바득, 절망하고 한숨 내쉴 틈 없어요, 수만 번 부서졌지만 다시 기세등등 달려오는 파도, 그렇지요, 아무래도 좀 더 철썩여 봐야겠요, 방파제를 때리던 제 손을 거두어 철썩철썩 제 따귀를 때리고 있어요, 글쎄, 세상 그만 걷어차 버릴 각오로 기차를 탔지만, 여기서 다시 출발해 보는 거예요, 머리 디밀고 잠시 숨 고르기 하는 배들, 세파에 침몰하지 않으려면, 세파를 날렵하게 올라타야 해요, 터지고 찢긴 생선 상자 위에 기고만장 올라선 저 바닷바람, 보세요 끝까지 왔지만 여긴 종착이 아닌 시작이에요, 조금만 더 바둥대다 보면, 저렇게 시퍼런 비늘로 퍼덕이는, 하늘을 품에 안을 수 있다니까요. 차돌처럼 단단해진 파도가 온통, 저렇게, 깔깔대며, 달려오고 있다니까요.

                               -「자갈치 사용설명서」 전문

인간은 죽음을 의식하는 동물이다. 난해한 학설과 철학적 이론을 언급하지 않더라도 유한자인 인간이 자신의 '죽음'을 의식하는 것, 즉 자의식을 지닌 존재라는 사실은 쉽게 이해할 수 있다. 그래서일까? 최영철의 이번 시집에도 꽤 많은 '죽음'의 장면들이 등장한다. 수학여행을 나섰다가 떼죽음을 당한 아이들(「이것」)의 죽음이 있고, "바퀴에 묻은 검은 핏자국"과 "검은 유골함"(「끝없는 전진」)이 상징하는 죽음도 있고, 망자(亡者)를 잿더미로 만드는 화장장(「화장의 기술」) 등이 환기하는 죽음도 있다. 흥미로운 점은 시인이 타인의 죽음에 대해서는 슬픔의 정서로 반응하지만, 정작 자신의 죽음에 대해서는 "마침내 혈혈단신 비상하는 영혼을 보는"(「고독사를 꿈꾸며」) 고독사를 갈망하듯이 부정적으로 반응하지 않는다는 사실이다. 최영철의 시에 등장하는 '죽음'을 긍정과 부정 가운데 하나로 환원할 수는 없으나, 시인은 "이젠 전화하지 마/술도 건네지 마/넌 지척이지만 난 몇 겹의 하늘을 건너왔잖아"(「망일(亡日)」], "어떻게 따낸 졸업장인데 씩씩하고 유쾌하게 황천길 직행해야지, 찰거머리처럼 달라붙는 오욕칠정 털고 가려면 만반의 준비가 필요해."(「퇴로」)처럼 드물지 않게 '죽음'에 대해 비교적 밝은 목소리로 진술하고 있다. 시집 전체를 관통하고 있는 유머와 명랑성의 어조가 삶과 죽음의 문제에 관한 사유에까지 영향을 끼치고 있는 것이다.

'바다'는 삶과 죽음이 공존하는, 또는 교차하는 곳이다.

앞의 시에서 화자는 죽음을 계획하고 "태종대 자살바위"를 찾아온 사람들에게 '자갈치'에 오라고, 그곳에 와서 "대가리 잘려서도 꿈틀, 끝까지 눈 치켜뜬 저놈들"과 "저놈들보다 못해선 안 되겠다고 죽을힘으로 신나게 살고 있는 아지매 아저씨"를 보라고 권하고 있다. 전자가 죽음의 공간이라면 후자는 에너지가 넘쳐흐르는 삶의 공간이다. '자갈치'에서는 "바닥에 나뒹구는 생선 대가리"에서도 '아우성'이 흘러나오고, 방파제를 때리는 거친 파도의 위협에도 불구하고 '배들'은 파도에 날렵하게 올라탄다. 심지어 바람조차 "터지고 찢긴 생선 상자 위"에서 요란한 몸짓을 하고 있다. 이처럼 '자갈치'는 '종착'이 아니라 '시작'의 공간이다. 앞에서 지적했듯이 최영철의 이번 시집 『말라간다 날아간다 흩어진다』에는 죽음을 모티프로 삼은 작품이 다수 포함되어 있다. 그래서 시집의 전반적 분위기는 '상승'보다는 '하강'의 이미지가 압도하는 듯한데, 시적 발상과 표현의 층위에서 이 '하강'의 중량감은 유머와 명랑성에 의해 상당 부분 상쇄되는 느낌이다. 요컨대 '죽음'에 관한 수많은 기호가 등장하고 있음에도 불구하고 최영철의 시는 결코 삶에 대한 부정이나 절망의 느낌을 주지 않는다. '죽음'에 대한 염려가 양각(陽刻)되어 도드라지고 있으나, 궁극적으로 그것이 '생명'에 대한 관심을 거대한 배경으로 삼고 있기 때문일 것이다. 또는 '희망'과 '초월'과 '생명'에 대한 믿음이 있기 때문일까. 가령 숱한 현실적 고난을 겪었는데도

"색색의 꽃 터트리며/아 이것이라며/하늘로부터 받은/나의 소임/오로지 이것"(「씨앗들」)이라고 이야기하는 씨앗의 형상 같은 것이 대표적인 경우가 아닐까. 그런 점에서 죽음 이후에도 밝게 빛나는 '삶'의 자리에 주목하는 다음 구절이야말로 '죽음'이 아니라 '삶'에, '별'의 초월 세계가 아니라 "누추한/인간의 처소"(「산책의 새로운 방식—도요에서」)에 문학의 '판돈'을 건 시인의 윤리를 선명하게 보여 준다 하겠다.

그날 119 구급차에 모시면서 버려진 할머니의 흰 고무신 한 짝이 흙을 불러들이며 오래 조용히 축담 밑에 엎드려 있다 거기 할머니가 앉았다 가는지 올봄에 또 새싹이 돋았다 적막강산, 도대체 흥이 나지 않는지 싹은 손톱만큼 고개를 내밀다 만다

— 「퇴로」 부분

시인수첩 시인선 014

말라간다 날아간다 흩어진다

ⓒ 최영철, 2018

초판 1쇄 인쇄 2018년 6월 15일
초판 1쇄 발행 2018년 6월 29일

지은이 | 최영철
발행인 | 강봉자·김은경

펴낸곳 | (주)문학수첩
주 소 | 경기도 파주시 회동길 192(문발동 513-10) 출판문화단지
전 화 | 031-955-4445(대표번호), 4500(편집부)
팩 스 | 031-955-4455
등 록 | 1991년 11월 27일 제16-482호

홈페이지 | www.moonhak.co.kr
블로그 | blog.naver.com/moonhak91
이메일 | moonhak@moonhak.co.kr

ISBN 978-89-8392-703-3 03810

「이 도서의 국립중앙도서관 출판예정도서목록(CIP)은 서지정보유통지원시스템
홈페이지(http://seoji.nl.go.kr)와 국가자료공동목록시스템(http://www.nl.go.kr/
kolisnet)에서 이용하실 수 있습니다.(CIP제어번호: CIP2018015410)」

이 책은 2018년 아르코 문학창작기금의 수혜를 받아 발간되었습니다.

* 파본은 구매처에서 바꾸어 드립니다.